冬を越えて

Wintering

キャサリン・メイ
石崎比呂美 訳

K&B PUBLISHERS

冬を越えて

WINTERING
by
Katherine May

Japanese translation rights arranged with
Madeleine Milburn Literary, TV & Film Agency
through Japan UNI Agency, Inc., Tokyo

Published in Japan by K&B PUBLISHERS

装画　網中いづる
装丁　白畠かおり

冬を過ごしたすべての人に

目次

とけはじめた雪が、大地にそばかすをこしらえ
いまこの時ぞと、ミヤマガラスは巣のなかで鳴く
楡の梢から見たのだ、草に咲く花ほどの小さなきざしを
地上にいるわたしたちには見えない、冬の終わりを

——『雪どけ』エドワード・トマス

プロローグ　九月

インディアン・サマー

ストレスで退職を決めた数日後、夫が倒れた。死の恐怖が襲った。
夏休みを終えた子どもが吐いた。眠れなかった。冬がはじまった。

陽光のなかではじまる冬もある。

とくにこの冬は、汗ばむような九月初旬の日にはじまった。わたしが四十歳になる一週間前のことだ。

その日は友人家族とフォークストンのビーチに出かけていた。この日を皮切りに、お祝いのランチや飲み会の予定が二週間続いていた。これで大げさなパーティーを開かなくても次の十年にすんなり入っていけそうだ。わたしは内心ほっとしていた。

その日に撮った写真をいま見ると、ずいぶん能天気だなと思う。人生の節目を迎える高揚感で、わたしは季節はずれの暖かさに包まれた海辺の町のあちこちにカメラを向けている。

駐車場から歩く途中のレトロな雰囲気のコインランドリー。リーズの海岸沿いに並んだコンクリート造りのパステルカラーの海の家。手をつないで石ころだらけの浜辺からジャンプする子どもたち。ありえないほど鮮やかなターコイズブルーの海。水しぶき。彼らを見守りながら食べたジプシータルト風味のアイスクリーム。

夫の写真がないのは、とくに不自然ではない。わたしが撮るのはいつも息子のバートと海の写真ばかりだから。不自然なのは、写真のデータがその日の午後からいったん途絶えて、二日後に撮られているのが、病院のベッドでぎこちない笑みを浮かべている夫の写真だということ。

わたしがのどかな海辺の写真を撮っていたとき、彼はすでに不調を訴えていた。わたしは気に留めなかった。子どもを幼稚園に通わせていると、いろんな細菌がしょっちゅう家に入ってくる。喉の痛みや皮膚炎や鼻づまりや腹痛は日常茶飯事。じっさい、彼はそれほど騒いではいなかった。

けれど、彼はランチにほとんど手をつけず、ランチのあと、みんなで崖の上にある遊び場まで歩いていく途中、しばらく姿が見えなくなった。そして、わたしがバートの、海藻を尻尾のようにぶら下げて砂場で遊んでいる写真を撮っているときに戻ってきた。吐いたのだと言う。

「えっ、そうなの？」

できるだけ心配そうに聞こえるように言う。内心では面倒なことになったなと思っていた。予定を切りあげて家に帰らなければならないし、そのあと彼はベッドで休まなくてはならないだろう。

ただ、お腹を押さえてはいても、この時点で彼はそれほど切羽つまっているようには見えなかった。急がなくてもだいじょうぶそうだ。おそらく、端《はた》からもわたしの考えていることがわかったのだろう。学生時代からの友人が肩に触れて言った。

「キャサリン、彼、本気で具合が悪いんじゃないかしら」

「そう？」夫に目をやると、顔をゆがめて、脂汗をたらしている。わたしはすぐに車を取りにいった。

家に着いてからも、ノロウイルスか何かにやられたのだろうと思っていた。夫は自分でベッドに入り、わたしはビーチでの午後を取りあげられたバートのために、ほかの楽しみを見つけることに気をとられていた。

ところが二時間後、呼ばれて二階に行くと、彼は服を着ているところだった。「病院に行ったほうがいいと思う」夫の言葉にわたしは驚き、思わず笑ってしまった。

これまでにも、二回、虫垂炎だと思って救急外来に行ったことがあった。どちらのときも、病院に着いたときには痛みはおさまっていた。

けれど、今回は様子がちがう。わたしは近所にバートを預けた。二時間ほどで戻ると約束したけれど、あとになって、やっぱり泊めてもらえないだろうかと頼むことになってしまった。

夫は点滴につながれて待合室のプラスチックの椅子にすわり、つらそうな顔をしていた。土曜日の夜で、待合室は骨折した指を自慢げに見せ合うラグビー選手や、顔をざっくり切った酔っぱらいや、車椅子で背中を丸めた老人や、彼らを連れて帰ることを拒む介護施設の職員たちであふれかえっていた。

わたしが病院を出たのは夜中の十二時過ぎ。そのとき夫はまだ病室に入れずにいた。わたしは家に帰り、眠れないまま夜を明かした。

翌朝、病院に戻ると事態は悪化していた。夫は熱っぽく、もうろうとしていた。話を聞くと、夜のあいだに痛みがますますひどくなったのだという。

ところが、痛みが頂点に達したころには看護師がシフトを交代していて、痛み止めの処置をしてもらえなかった。そうこうするうちに盲腸が破裂した。その瞬間が自分でもわかったという。あまりの痛みに大声で叫ぶと、夜勤の看護師からは大きな声を出さないでくださいと叱られた。隣のベッドの男性が見かねて抗議してくれたそうだ。

その男性が、カーテンの向こうから声をかけてきた。

「おたくの旦那はひどい状態で放っておかれたんだ。気の毒にな」

まだ手術が行われる気配はなく、夫は不安そうにしていた。

話を聞いてわたしも不安になった。自分が持ち場を離れているあいだに、何か取りかえしのつかないことが起きてしまったような気持ち。そしてその状態はまだ続いている。看護師や医師は、急ぐ必要などまったくない、内臓が破裂しようがどうしようがおとなしく横になっていればいいのだとでも言わんばかりの、悠長な態度をとっていた。

わたしはとつぜん、夫を失うかもしれないという恐怖に襲われた。誰かが夫のそばにいて守ってやらなくては。それはわたししかいない。

わたしは面会時間を無視して病室に居すわり、夫の痛みがひどくなると、しかるべき処置が受けられるまで看護師のあとをついてまわった。ふだんはテイクアウトの注文をするのも苦手な、恥ずかしがり屋のわたしだが、いまはそんなことを言っていられない。これはわたしと医師たちとの闘い、夫の苦しみと病院の杓子定規なスケジュールとの闘いだ。負けるわけにはいかない。

夜の九時にいったん帰宅したあとも、夫が手術を受けられるまで一時間おきに電話をかけた。うるさい家族だと思われることなどなんでもない。手術が無事に終わって、夫も落ちついたと聞かされるまで、目を開けたままベッドのなかにいた。そのあとも眠れなかった。

こんなときの眠りは、一瞬の落下に似ている。漆黒の闇に沈んだかと思うと、次の瞬間にはっと目を覚まし、粒子の粗い闇に何が潜んでいるかを見極めようと周囲を見まわす。

そこにわたしが見つけたのは、恐怖だった。夫が苦しんでいるという耐えがたい事実と、夫に先立たれるかもしれないという不安が入り交じった怖れだった。

わたしは一週間の介護休暇をとり、息子を学校に送ってから迎えにいくまでのあいだ、片ときも離れず夫に付き添った。医師が炎症の程度を説明するのを食い入るように聞き、夫の体温がなかなか下がらず、血中の酸素濃度が正常値に戻らないことに気をもんだ。

夫が病棟内をゆっくり散歩するのを介助し、そのあと眠るのを見守り、ときどき自分もうとうとした。夫を清潔な服に着替えさせ、食べられそうなものを持ってきては食べさせた。

そして、とつぜんたくさんのチューブや電子音の鳴る機械につながれた父親を目にして、不安がっているパートを、だいじょうぶだと言ってなだめた。

この危機的な状況のさなかに、ぽっかり空いた時間があった。自宅と病院とを車で往復する時間。夫が眠っているあいだベッドの脇にすわっている時間。医師の回診が終わるのを食堂で待っている時間。

わたしの日々には緊張と緩和が同時にあった。常にいるべき場所にいて、目を開けて、気を張っていなくてはならなかった。けれども同時に、わたしは役立たずの部外者でもあった。

わたしはたっぷりある時間を使ってこの状況を見つめ、何をすべきかを考え、この新しい経験にどんなレッテルを貼り、どんな意味を見いだせばいいのかをじっくり考えた。

そうした時間のなかで、わたしは気がついた。これは起こるべくして起こったことだ。わたしの人生にはすでに避けることのできない奇妙な嵐がやってきていて、これはその余波のひとつにすぎないのだ。

夫が倒れる数日前に、わたしは勤務する大学に退職の意志を伝えていた。現代の大学の絶え間ないストレスとノイズから逃れて、もっとよい生き方を見つけるつもりだった。

息子のパートは長い夏休みを終え、一年生として新学期を迎えたばかり。わたしは母親として、彼が待ち受けている数々の課題を乗り越えていけるだろうかと心配していた。ついでに言えば、六年ぶりに本を出したばかりで、次の本の締め切りも迫っていた。

つまり変化はすでに訪れていて、それが試練という相棒を連れてきたのだ。たいていの場合、それは有無をいわさぬ荒々しさで、ノックもせずにドアを蹴破ってやってくる。

そういえば、三十歳の誕生日にもちょっと忘れられない出来事があった。

その日は友人とパブで会う約束をしていた。ところが、待ち合わせをした店はアイルランドの葬式のあとの通夜のために貸し切りになっていた。店にいる全員が黒い服を着て、隅のほうで演奏するバンドでは、ふたりの若い女性がフィドルを弾いてアイルランド民謡を歌っていた。

もちろん、すぐに出ていけばよかったのだが、友達と会えなくなるのが心配だったし、おまけに外は雨だった。わたしは、ドアの近くでおとなしくしていれば気づかれずにすむと思った。

いまとなっては、いったい何を考えていたのだろうと思う。分別のある人間なら、さっさと店を出てメールを送っただろう。でもわたしは店にとどまり、これも何かの巡りあわせかもしれないと考えていた。若さにあふれた二十代が終わりを告げ、死に近づくことを暗示しているのかも、と。

友達が店に到着して、状況はさらにややこしくなった。

そのときになって気づいたのだが、友人はさっきまで演奏していたバンドの女性のひとりに驚くほどよく似ていた。これはわたしの個人的な感想ではない。故人の家族も、彼女のことを席をはずしたフィドル奏者と間違えたようだった。友人は握手とハグをされ、親しげに背中をたたかれ、まあ一杯飲んでいってくれと熱心に勧められた。彼女は何がなんだかわけがわからないまま、じゃあ一杯だけと応じてしまった。

あとで聞いた話では、これがアイルランド人のホスピタリティというものかと思い込んだそうだ。音楽の才能についてあれこれ尋ねられたときには、いえいえそれほどでは、と謙遜にみえて、じつは正直そのものの否定の言葉でなんとか切り抜けた。しまいにわたしたちは持っていた芝居のチケットを見せ、ここにいるべき人間ではないことをわかってもらって、ようやく逃げだせた。

このエピソードは一部始終、わたしだけのために演じられたシェイクスピア喜劇のようだ。そのときのことを思いだして、心がふっと軽くなった。

そうこうするうちに、わたしは四十歳の誕生日を迎えた。夫はようやく退院したばかりで、お祝いの行事はすべてキャンセルした。

その夜の十時にバートに呼ばれて二階に行くと、とたんに胃のなかのものをすべて浴びせられた。夜中になってもバートの具合はよくならず、そのころにはわたしは眠るのはあきらめ、もうどうにでもなれという気持ちになっていた。

何かがすでに変わってしまっていた。

わたしたちの日常生活の網目にはところどころほつれがあり、人はときおりそこからこぼれ落ちて別の世界へ行ってしまう。そちらの世界では、いまこの世界でみんなが過ごしているのとちがう時間が流れている。そこはゴーストたちの住む場所で、リアルな世界の人たちからは見えない世界だ。時間の流れはゆっくりで、もとの世界とはぜんぜんちがう。

きっとわたしはこれまでぎりぎりのところで持ちこたえていたのだろう。けれどもとうとう、そちらの世界に落ちこんだのだ。床板のすきまにほこりが入りこむみたいに他愛なくひっそりと。そして自分でも驚いたことに、そこにいることに安らぎを感じている。

冬がはじまったのだ。

人は誰でも一度や二度、人によっては何度もくり返し、人生の冬を経験する。それは寒く厳しい季節だ。世界から切り離され、拒絶され、脇に追いやられ、前に進むことを邪魔され、部外者の役を割り当てられる人生の休閑期だ。

きっかけは病気かもしれないし、近しい人の死や子どもの誕生といった節目となる出来事かもしれない。自分の失敗や過ちかもしれない。人生の大きな変わり目で、ふたつの世界のあいだに一時的に落ちこんでしまったのかもしれない。

ゆっくり忍び寄る冬もある。家族が長らく不治の病と闘っていたり、親が歳をとるにつれて徐々に介護が必要になっていったり。

逆に残酷なほど不意打ちのこともある。ある日とつぜん、自分のスキルが時代遅れになっていることに気づかされたり、勤めている会社が倒産したり、パートナーにほかに好きな人ができたと告げられたり。

原因はどうであれ、人生の冬は孤独と深い痛みをともなって、断りもなくやってくる。

しかも、それを避けることはできない。人はよく、永遠に夏が続く人生というのがどこかにはあって、自分だけが手に入れられなかったのだと思ってしまう。誰もが、できることなら、日差しがさんさんと降りそそぐ夏がずっと続いてほしいと願っている。

けれど、人生はそういうものではない。たとえ並はずれた自制心と幸運とをもって、自分が健康であり幸福であることをずっとコントロールできたとしても、やはり人生の冬は避けられない。親たちは老いて死を迎えるし、友人の裏切りに遭うこともあるだろう。世の中の流れが変わり逆風が吹きつけることがあるかもしれない。

そして、いつの間にか歯車が狂いはじめる。気がつくと、冬はすぐそこに来ている。

わたしは若くして冬を過ごすことを学んだ。わたしの世代は、自閉症の子どもがそれと気づかれないままでいることが多かった。わたしもそのひとりで、まさに極寒の子ども時代を送った。

そして十七歳のとき、何か月ものあいだ起き上がれないほど重いうつ状態に陥った。もう立ち直れないと思ったし、立ち直りたいとも思わなかった。

けれど、どん底状態にあるとき、自分のなかに生きたいという意志の種を見つけた。わたしはそのとき、生命のしぶとさに驚き、不思議と楽観的な気持ちになった。

冬の時期を通り抜けたわたしは空っぽで、ある意味ふっきれていた。何もなくなったところから新しい自分を作っていけばいい。

わたしはおずおずとちがう種類の人間を作りあげていった。ときにぶしつけで、いつも正しいことをするわけではなく、人と少しずれていていつも自信なげ、それでも人に伝えられることがあるから、ここにいる価値がある、そんな人間になろうとした。

これまでも機会があれば自分の経験を人に話してきた。十七歳のときに心を病んだことを話すと、ほとんどの人は気まずそうな顔をする。けれども、なかには同じ経験をしていて、よく話してくれたと感謝してくれる人もいた。

相手の反応がどちらであっても、わたしはこういう話をするのは大切なことで、経験から学んだ知恵をみんなと共有すべきだと強く感じた。

その後も何度か気分が沈むことはあったけれど、経験を重ねるにつれて深刻さの度合は薄れていった。

わたしはしだいに冬の訪れがわかるようになった。どれくらいの期間、どれほどの重さでやってくるかもだいたいわかった。冬が永遠には続かないことも、春が来るまで、できるだけ快適に冬を乗り切る方法を見つけるのが大事だということもわかってきた。

自分をいたわりつつ冬を生き抜く行動は、ときとして世間の常識からはずれてしまうことがある。日常生活からドロップアウトすることが、いまもタブーとされていることはよくわかっている。

わたしたちは、人生の冬の存在を認め、受け入れるようには育てられていない。それどころか、それは恥ずかしいことで、周囲に気まずい思いをさせないように隠しておくべきだと考えてしまう。

だから笑顔の陰で涙を流し、他人の痛みは見て見ぬふりをする。人生で誰もが経験するごくふつうのことなのに、そのプロセスにふたをしてしまうのだ。そうすることで、つらい時期を過ごしている人たちをのけ者にして、失敗を隠させるためにふつうの生活から追いやってきた。けれどもその結果、わたしたちは大きなものを失ってきた。人生の冬は、人間の経験のなかでもとりわけ深い洞察の機会を与えてくれる。冬を経た人たちは、そこで得た知恵を蓄えられる。

あわただしい現代社会で、わたしたちは冬のはじまりを永遠に先送りしようとしている。襲いかかる試練をあえて真正面から受けとめず、受けた傷を人目にさらすこともない。けれど、人生の冬は、ときにわたしたちに恵みをもたらしてくれる。それを、人生の無駄、そうなるのは心の弱さや気合の足りなさのせいだと言って、無視したり切り捨てたりしてはいけない。それはたしかにそこにあり、何かを問いかけている。わたしたちは、冬を招き入れることを学ばなくてはならない。

これはそういう本だ。冬がどういうものかを理解し、真摯に向きあい、大切なものだと思えるようになるための本だ。冬は誰にも否応なくやってくる。けれど、どう過ごすかは自分で選びとることができる。

生き物たちは、食べ物のない寒い数か月をしのぐために準備をおこたらない。ヤマネは冬眠のために脂肪を蓄え、ツバメは南アフリカに向けて旅立ち、木々は秋の最後の数週間に葉を真っ赤に染める。

冬に向けてこうした変化が起きるのは偶然ではない。これは、ごくふつうの生き物たちが生き残るために使う魔法だ。生命力に満ちた春や夏に負けず劣らず、枯れ果てた冬にも自然はすばらしい営みを見せてくれる。

植物や動物が冬と闘うことはない。冬など来ていないふりをして、夏と同じ暮らしを続けたりもしない。彼らは準備をし、適応する。冬を乗り切るために姿を変えることさえやってのける。冬は世界から退き、わずかな資源を最大限に活用し、必要のないものは手放し、いっとき姿を消すときだ。けれど、そういうときにこそ変化が起きる。人生のサイクルのなかで冬が意味するのは死ではなく、変革のためのプロセスだ。

夏を追い求めることをやめると、冬はすばらしい季節にもなる。世界は控えめな美しさをまとい、舗道さえもが輝いて見える。冬は考えを深め、身体を休める時期であり、暮らしを整え、英気を養うための季節だ。

この本のなかで、わたしは冬をよく知る人たちと話をすることで、冬に対する理解を深めていこうと思う。

たとえば、八月に冬じたくをはじめるフィンランドの人たちや、十一月から一月のあいだ太陽を目にすることがないノルウェーのトロムソに住む人たち。さらに病気や挫折、孤立や絶望を乗り越えて新しい自分を見つけた人たちや、過酷な自然を相手に働く人たち。

そうした出会いを通して、どうやって冬に備え、最も厳しい日々をどうしのぐのか、そして最終的に、どうやって春の日を迎えるのかを探っていく。

生活をスローダウンして、余暇を増やし、よく寝て、よく休む——そんな行動は、いまの時代にはそぐわないかもしれない。でもこれはとても大切なことだ。

人は誰でも、古い皮を脱ぎ捨てなければならない人生の岐路に立つことがある。しばらくは、新しい皮膚がむき出しになってひりひり痛むだろう。けれどそうしなければ、皮はしだいに硬くなってしまう。

これはあなたの人生における、とても大切な選択なのだ。

十月

冬じたく

腹痛には癌の疑いがあった。気力も体力も失せた。疲れている。
かろうじて料理や手すさびに過ごす時間が、わたしの冬。

わたしはベーグルを焼いている。というより、ものの見事に焼きそこなっている。レシピには、固めの生地を作ると書いてあったし、ミキサーに材料を入れるまでは問題はなかった。ところが、こねはじめたとたん、ミキサーは悲鳴をあげはじめた。まるでわたしがいじめていると言わんばかりに。どうにかしなくては。

しかたなく、生地をキッチンの作業台に移し、十分ほど手でこねる。油を塗ったボウルに入れて、リビングの床に置く。猫のお気に入りのその場所は、すぐ下をセントラルヒーティングのパイプが通っていて暖かく、発酵させるにはもってこいだ。

ところが、一時間経っても生地はちっともふくらんでこない。さらに一時間寝かせてみたが、なんの変化もなし。辛抱しきれず、とにかく小さなリング形にする。湯のなかに入れ、できそこないのクロワッサンみたいにほどけていくのをなすすべもなく見守り、ゆで上がりを熱したオーブンに入れる。

やれやれ。ふと思い立って、イーストの消費期限を確かめてみる。二〇一三年一月――五年前だ。買ったのは、息子が生まれるまえだろう。そのころはまだ、パンでも作ろうかと考える余裕があった。

できあがったベーグルは、案の定、食べられたものではなかった。まあいい。空腹だから作ったわけじゃない。とにかく手を動かしていたかった。ベーグルがこれほどハードだとは思わなかった（噛みごたえも難易度も）。それでも一連の作業は、本来なら仕事をしているはずの一日にぽっかり空いた穴をとりあえずは埋めてくれた。少なくとも手を動かしているあいだは、その穴を見つめずにすんだ。

この数年がむしゃらに働き続けてきて、ストレスは限界寸前だった。身体が仕事を拒み、出勤しようとすると見えないゴムで家のなかに引き戻されるようだった。なんとかごまかしながらやってきたけれど、ある日ついに音を立てて何かが切れた。

夫の入院中、わたしも右の脇腹がときどき痛んだ。夫の痛みに感応しているのだと思っていたが、なかなかおさまらない。それどころか、夫が回復していくにつれてわたしの痛みはひどくなった。彼は機嫌よく仕事に戻り、本調子とはいかないけれど、ほぼ通常の生活に戻った。一方、わたしはちょっと身体を動かすだけでも痛みを感じるようになっていた。

そして一週間前、職場でとつぜん耐えられないほどの痛みに襲われた。すぐにバスに乗って帰り、それからずっと家にこもっている。

主治医からはこう指摘された。一年前から大腸がんが疑われる症状がありましたね、すぐに検査の予約を入れて、仕事を休んでください。

ストレスを放っておいたつけがまわってきたのだ。もっと早く助けを求めるべきだった。でもそれは、仕事が多すぎてひとりではこなせないと公言するようなものだ。正直、痛みがあってよかった。ストレスという漠然としたものとちがって、痛みには実体があるように思える。それに、言い訳するにも都合がいい。〝ね、わたしは仕事をこなせないわけじゃないのよ。れっきとした病気なの〟

わたしはいま、ありあまるほどの時間でこんなことを考えている。けれど、それ以上のことを考えようとしても、頭は霧がかかったようで、うまく働かない。そんなときにちょうどいいのが料理だ。仕事を休んで家にいるようになってから、わたしはせっせと料理にいそしんでいる。料理をするのも、食材の買い物も、以前から大好きだった。

ただこの数年は、どちらの楽しみもわたしの生活からは消えていた。やるべきことが次々と押し寄せる日々に、わたしの大切な一部だった料理が入りこむ隙はなかった。残念だけど、しかたがない。すでにすべてをやっているのに、それ以上何ができるだろう。

すべてをやることの問題点は、結局何ひとつまともにできていないと感じることだ。朝から晩までばたばた働いてはいるが、何かをやりとげたという充実感はない。子育てをして、本を書き、しょっちゅう週末までなだれ込んでくるフルタイムの仕事をしているうちに、時間はあっという間に過ぎてしまう。

この数年間はぼんやり霞んでいて、何をしていたのかあまりよく憶えていない。必死にもがいていた感覚が残っているだけだ。

イーストの缶を手のなかで裏返して考える。どうしてこんなことになってしまったのだろう。途方もなく深い穴をエレベーターで下りてきて、いまちょうど地の底に着いたみたい。こだまの響くがらんとした地の底。どうやってここから抜けだそう。とりあえず何かしらの手がかりを求めて、記憶のなかを探ってみる。

トーベ・ヤンソンの『ムーミン谷の冬』のなかで、ムーミンはひょんなことから冬眠から早く目覚める。いつもなら、冬のあいだずっと眠っているムーミンは、世界が雪で覆われ、庭がまるで別世界になっているのを見てショックを受ける。「ぼくが眠っているあいだに、世界は死んじゃった。ここはぼくたちの住む世界じゃない」

底なしの孤独を感じて、彼は母親の寝室に行き布団をめくる。「起きて、起きてよ、世界がどこかに行っちゃった!」でも母親はマットレスの上で身体を丸めて眠り続ける。

わたしにとっての冬はまさにこんな感じだ。ほかの誰もが眠っているなかで、自分ひとりが目を覚まして、きりきりするような不安にさいなまれている。

人生のこういう時期には、無理をしてでも動き続けることが大切だ。

わたしは痛みをこらえてゆっくりと地元の店まで歩いていき、毎日少しずつ食材を手に入れる。うちの冷蔵庫には、つい最近までオンラインで注文して食べきれないままの食料品がいっぱい詰まっていた。それがいまは空だ。このところは必要なものだけを買っている。最近まで食材が無駄になるのもしかたがないと思っていたけれど、いまでは恥ずかしい。

これは時間が授けてくれた変化だ。今日の八百屋のおすすめは何かと、大通りまで確かめにいく余裕がある。パンを切らしたらすぐに買いに行けるし、肉屋ではその日に使う分だけを手に入れる。もう鶏肉を小分けにして冷凍し、一週間後に解凍して、結局は食べる時間がなくて捨ててしまうというパターンをくり返す必要はない。

料理がわが家に秋を連れてきた。今週はラムとにんじんとタイムの煮込みを作って、輪切りにしたじゃがいもをトッピングした。ピンク色の薄紙に包まれた新鮮ないちじくを箱で買い、刻んでオートミールのお粥にのせて、三日続けて朝食にした。薄い緑のかぼちゃは、なめらかなスープに。サーモンの切り身には塩と砂糖とディルをすりこみ、おろしたビーツで赤く染めてマリネに。それから思いついて、小さなきゅうりをピクルスにしてつけ合わせにした。

わたしには時間があった。それだけのことをする余裕があったし、やればやるだけの充実感があった。

バートのために買った色鉛筆もいい。ドイツ製で、ブランド名は『ライラの冒険』シリーズのおてんばなヒロインと同じだ。発色がよく、なめらかで、そのへんで買う安物とは大ちがい。この色鉛筆を使いだしてからバートの絵は見ちがえるほどうまくなり、わたしも使ってみたくなった。いい値段だが、それだけの価値はある。

ばたばた走りまわっていたときは、こうした静かな楽しみが人生からどれほど失われていたかに気づきもしなかった。黙々と手を動かすうちに無我の境地に引きこまれ、穏やかな幸せが感じられる。そんなひとときが戻ってきつつある。

バートといっしょにジンジャー・ブレッド・クッキーを作る。ふと気づくと、わたしは人の形に抜いた生地を、このうえなく丁寧に並べている。まるでまじないに使う身代わり人形でも扱うように。そうすることで、これまでぞんざいに扱ってきた自分の人生を取りもどそうとしているのかもしれない。それとも、自分にはもう必要なくなった価値観を葬ろうとしているのかも。

冬になると人は家のなかに明かりを灯し、そこかしこに潜む闇を追いはらう。わたしもあちこちの戸棚からキャンドルを出してきて並べ、暗い部屋の片隅にはイルミネーションの電球を吊るした。そうして、わたし自身の物語をもう一度語りはじめる。人は誰でもそういうことをする。何度も作り直しては、いらなくなった物語を手放し、合いそうな新しい物語を試す。いまわたしは、自分が陥ってしまった仕事を巡る物語をつぶやいている。

子どもが生まれたら、二度と自分の足で歩けなくなるのではないかと不安だった。妊娠したときも、息子が生まれたときも、不安でいっぱいだった。それで、自分自身の足でしっかり立てるようにと、また働きはじめた。それで不安が消えたわけではないけれど、自分の居場所だと実感できる場所を取りもどすことはできた。

わたしは朝から晩まで忙しく働いた。自分のための時間は朝の五時台と、夜の九時から十時のあいだにようやく少し。あとはベッドに倒れこむように眠った。週末はわたし抜きで過ごしてくれるよう夫と息子をなだめすかし、時間を作っては、大学から持ち帰った仕事をした。

よくやっているねと人からほめられ、誇らしい気持ちになることもあったが、じっさいは、自分よりずっとよくやっている人たちについていこうと必死だった。わたしがとっくに眠りについた零時過ぎにメールを返信してくる同僚もいた。自分はまだまだ甘い、ワーカーホリックなんてとんでもない、そう思っていた。それがこのざまだ。朝から晩までしゃかりきに働いて、身体をこわしてしまった。最悪なことに、休み方さえわからない。

もちろん、疲れている。でもそれだけではない。何もかもが虚しくてたまらない。ちょっとしたことにいらいらして、いつも自分を犠牲者のように感じている。あれもこれもやらなければと焦り、何をやっても中途半端だと感じる。おまけに愛すべきわが家は、長いあいだに、あらゆるものが崩れ、壊れ、くたびれて、床やテーブルや部屋の隅に山を築いている。

家にいるようになってから、わたしは一日に何時間もソファにもたれて、散らかり放題の部屋を見つめている。どうしてこんなことになってしまったのか。掃除や修理が必要なものが部屋じゅうにあふれ、何も考えずにくつろげる場所はどこにもない。

窓ガラスは、もう何年も雨風にさらされ、ほこりのベールに覆われている。床のワックスはあちこちはがれかけている。壁には、写真がかかっていた釘や、パテで埋めなくてはいけない穴が随所にあり、テレビまでもが斜めにかかっている。

わたしはようやく重い腰を上げて、クローゼットのいちばん上の棚を片づけようと椅子に上った。そして、自分がこの数年で少なくとも三回、寝室のカーテンを替えようとしていたことに気づいた。大量に買った布は、きちんとたたんだまましまいこまれ、完全に忘れられていた。

つけかえる気力も体力もないいまになって、そのことに気づかされるなんて。でもとにかく、いま向きあうべきは、わたしの冬だ。いまこそ持続可能な生活にシフトして、これまでのカオスを収束させなければ。

冬はひとりになり、物事をじっくり考えるべきときだ。古いつながりを手放して、しばらくは友人関係の糸も緩めなければならないだろう。これまでもそうだった。わたしは何度も何度も痛い思いをしながら、冬を乗り切る方法を学び、ある種の技術を身につけてきた。

気づくのは遅れたけれど、わたしの冬はまだはじまったばかり。わが家の窓のように、先の見通しがしにくいけれど、今回は、自分のほうから進んで冬を迎えよう。自分自身を知る訓練になるはずだ。同じ失敗はくり返したくない。しっかり準備してのぞめば、冬のなかにも喜びが見つけられるかもしれない。

これからますます気持ちは沈んでいくだろう。パン作りやスープ作りが、わたしを永遠には支えてくれないこともわかっている。状況はさらに厳しく、暗く、寒く、孤独になっていくだろう。倒れてもだいじょうぶなように、ベッドの干し草はたっぷり用意しておかなくては。準備万端、整えておかなくては。

レジ袋に入ったたくさんのマルメロの実が友達から届いた。今年は例になく豊作なのだそうだ。春の受粉がうまくいったのか、晴雨のバランスがよかったのか、そのへんのことはわからないけれど、植えて九年になるわが家のスモモも、今年はたくさん実をつけている。海辺の遊歩道でもブラックベリーがたわわに実り、生け垣のあちこちには真っ赤なローズヒップが中国のちょうちんみたいにぶら下がっている。夏は去りぎわに気前よく置きみやげを残していく。

母は年じゅう保存食を作っていた。わたしもいくぶんはその血を受け継いでいるのだろう。昔は毎年、叔母の果樹園に押しかけては、スモモや青りんご、プラムやマルベリーを摘んだものだ。女同士でおしゃべりしながら、指先を果汁で染めて果実を集める。それを祖母の大鍋でジャムやチャツネに煮詰めた。

その鍋はいまでもわたしの手元にある。祖父も自分で育てたエシャロットを酢漬けにしていたし、母は鮮やかな黄色をしたインド風のピクルスや、赤キャベツのピクルスを瓶に何本も作っていた。こうした保存食はクリスマスまでとっておいて、翌日のボクシング・デーのランチにふるまった。

わが家の保存食作りには暗黙のルールがある。自然に手に入る素材を使うというルールだ。使うのは採れすぎた果物や野菜か、野山で摘んできたものに限られる。

つい最近まで、保存食は新鮮な食材が乏しい冬に、なくてはならない食料だった。それがいまでは、ほとんど自己満足のためのものになっている。認めたくないが、わたしにもそういうところがある。たまにチャツネを作ったりはするけれど、野菜を刻むのも、煮るのも、瓶を消毒するのも面倒だ。何日も残る生たまねぎや酢のにおいも好きになれない。

けれども、わたしを保存食作りに駆りたてる衝動は、さらに実用からかけ離れている。これを加工したらどうなるのか、という興味によって素材を選ぶのだ。

今年は日本のダイコンを酢漬けにしてみた。スーパーで十ペンスに値下げされているのを見て、買わずにいられなかったのだ。それから、超小型のきゅうりメロン。中庭の植木鉢で水も与えられないのに生きのびていたものだ。それに、散歩の途中で見つけたアッケシソウ。大興奮して両手いっぱいに摘んできて、こちらも酢漬けにした。

ただし、どれも作ったことで満足して、あとは瓶のなかでゆっくりグレーに変色していくのを見守るだけ。結局は捨ててしまう。

困った癖はほかにもある。果実酒を造るためのジンに、ひと財産をつぎ込んでしまうのだ。スモモやエルダーベリーやスローベリーはただでも、ジンはそうではない。そもそもわたしは甘いお酒を飲まないのだから、どう考えても無駄づかいだ。

いま階段下のワインラックには、数年前にさかのぼるベリー酒のボトルがずらりと並んでいる。こんど来客があったら、一本押しつけるのを忘れないようにしないと。

送られてきたマルメロも果実酒にしようかと考えたが、思い直してメンブリージョを作ることにした。スペイン風の濃厚なゼリーで、豚肉とマンチェゴチーズといっしょに食べるのが定番だ。マルメロのでこぼこした黄色い皮を削りとり、ピンクがかった果肉を適当な大きさに切って、赤紫色のねっとりとしたペースト状になるまで煮詰める。

冷めて固まったものを薄くスライスしてラッピングし、友人のハンネ・マリネン・スコットに届けよう。きっと喜んでくれるだろう。ハンネはフィンランド人で、わたしと同じく保存食マニアだ。冬については一家言あり、血のなかに冬が流れているといってもいい。ことあるごとに、寒さに対する北欧人のたくましさと、イギリス人の軟弱っぷりを比較する。

わたしが冬に備えておきたいと話すと、ハンネは「それ、実家の母はこんなふうに言うわ」と、〝タルヴィテラット〟という言葉を教えてくれた。英語に同じ意味の言葉はないが、冬に向けて何かをしまうときに使われるそうだ。

「よく使うのは、夏服から冬服への衣替えのときね。衣替えってうれしいものよ。年に二回新しい服を手に入れるみたいで」

「そんなふうに一気に入れ替えるの？　上に何か羽織ったりするんじゃなくて？」

「まさか」とハンネ。「フィンランドではそれはできないわ。とりあえず一枚羽織って間に合わすとかはね。冬はいきなりやってきて、甘くみるとたいへんなことになるわ。だから服装はがらりと変える必要があるの。イギリスには、とても冬とは思えない格好の人もいるわね。

十二月になってもショートパンツの男性とか。人目を引こうと思っているのかもしれないけど」

「ナマ脚で、コートも着ずにクラブに行く女の子とか」

「そうそう。そういうのを見ていると、イギリスではほんとに寒くなることはないんだなって思うわ。フィンランドでそんなことをしたらたいへんよ」

ハンネはリミンカ出身。年間の平均気温はマイナス二度だ。七月には三十度近くになることもあるけれど、一年の半分近くが氷点下で、一月にはマイナス十度にもなる。そういう種類の冬には備えが必要だ。

「いつから準備をはじめるの？」

「八月」ハンネはまばたきひとつせずに言う。

「八月ですって？」

「もっと正確に言うと七月かな。冬が来るとどこにも出かけられなくなるから、寒くなるまえにすべてを終わらせなきゃいけないの」

「そんな早くからいったい何を準備するの？」

「そうね、まずは家の修理。雨漏りを直すとか、そういったこと。雪が降ればもっとひどいことになるから」

「パイプに断熱材を巻くとか？」

「フィンランドではパイプは地下に埋まっているから、その必要はないわ」

「なるほど」どう考えても、わたしはフィンランドでは九月までも生きのびられそうにない。ましてニ月までなんてとても無理だ。

「それから薪を作って積みあげておく。車には冬用タイヤを用意する。お菓子を焼いて冷凍庫をいっぱいにしておく。来客があったときには、コーヒーと焼き菓子でもてなさなくちゃならないから。これはとても大切なことよ。いつお客様があってもいいように準備しておくの。それからもちろん、狩りにも行かなくちゃ」

ハンネは目を輝かせる。北欧の人たちの多くがそうであるように、フィンランド人はピクルスや保存食作りのエキスパートで、彼らの冬の料理は貯蔵品を使って作られるものが中心だ。ベリーやきのこを集めるための夏のピクニックは、一年でいちばん楽しい行事なのよとハンネは回想する。家族じゅうでサンドイッチを持って出かけ、見つけたものを片っぱしからかごに集めて一日を過ごす。それは、親類縁者がいっしょに働いて絆を深める大事なときでもある。ひいおばあちゃんまで参加していたのよとハンネは言う。

「わたしのお気に入りはミルク・キャップ・マッシュルーム。三回塩ゆでして、毒をとらなくちゃいけないけど」

「そもそも、そんなものを食べるなんて誰が思いついたのかしら」

「とにかくおいしいんだから」とハンネは言う。「きっとわたしたちの祖先は、食べてもだいじょうぶなように工夫を重ねて、保存食にしたんでしょうね」

「冬はとても暗くなるの?」

「ええ、ただ北極圏ほどではないわよ。太陽はとりあえず毎日上がるわ。でも日差しは弱くて、外はものすごく寒いから、それに合った生活をする必要があるの。まず、睡眠時間が長くなる。いやでもそうなるの。体内時計が変化するのよ。年間を通してみれば、それでバランスがとれるようになっているの。夏には夜中の十二時に洗車するなんて人がいるのよ、ほんとうに。冬にはできるだけ居心地をよくして、家のなかを明るくしておかなくちゃいけないない。そうしないと……」ハンネは一瞬言葉をとめる。「誰もが生活の変化に順応できるわけじゃないのよ」

「たしか、自殺率が世界でいちばん高いんじゃなかった?」そう言ってからすぐにしまったと思った。ハンネの心に重くのしかかる話題だと知っていたはずなのに。

「いちばんじゃないけど、上位であることはたしかね。とくに増えるのが十二月と一月。わたしの父もそうだった」

冬じたくは大切だけれど、準備をすればだいじょうぶというわけではないのだ。備えは役に立つが、万能ではない。冬には、暗闇は常に目と鼻の先にある。


仕事を休んでから数週間が過ぎ、自分はほんとうに具合が悪いのかわからなくなった。

家にこもっているあいだ、わたしは体調を安定させておくためのルーティンを作りあげた。朝五時に起きて読書をし、七時に熱い風呂に入る。八時半にはゆっくり歩いて息子を学校の門まで送っていく。日中は読書や書き物をして過ごす。コーヒーは飲まない。

職場では同僚が自分のせいでたいへんな思いをしているだろうけど、そのことはあまり考えないようにする。二週間に一度、クリニックの看護師に電話をして、休暇の延長を求める診断書にサインをしてもらう。具合は変わりません、もう少し時間が必要です、と言って。

お酒はいまのところ飲んでいない。このまま完全にやめることはないと思うけれど、いまは飲みたいと思わない。腸のなかで悪さをしているものが、酒で勢いづくのが怖い。

でもそれだけではない。気づいたのだ。この数年、仕事で疲れきった一日に終止符を打つために、お酒に手を伸ばしたことが何度もあった。

不安は身体の奥底に地下水のように潜んでいて、何かきっかけがあるたびに、喉元まで、鼻の奥まで、目の裏側までせり上がってきた。ボトル一本のワインか、大きなグラスに三杯のダーティー・マティーニを飲めば、いっとき不安はおさまった。

グラスに酒を注いで、ようやく一日が終わるような気がした。飲んでしまえば、何もできなくなる。まともな判断を下したり、文面に気を配ってメールを書いたりはとてもできない。わたしは自分をあえてだめにしていた。

いまのわたしは、摘みたての葉でいれたミントティーを手に、穏やかな夜を過ごしている。悪くはないが、夜がずいぶん長く感じられる。九時かもっとまえにベッドに入ることもめずらしくない。人づきあいとは無縁になってしまったけれど、かわりに、冴えた頭で早朝を過ごすようになった。

　まだ暗いなか、家じゅうのキャンドルを灯してまわり、誰にも邪魔されない時間をたっぷり二時間過ごす。瞑想の習慣も復活した。すわるまえに裏口のドアを開けて、しばらく空気のにおいを嗅ぐという新しい習慣もできた。この数週間、朝の空気は寒気に清められたように、新鮮ですがすがしい。さらにこの数日は、まえの晩の暖炉の燃え残りの香りが混じるようになった。においが季節の変化を教えてくれる。

　すべての時間がとてつもなくぜいたくで、少し楽しみすぎているのではないかという、うしろめたさに襲われる。ひょっとすると、わたしの身体はどこも悪くないのではないだろうか。身体の不調は、わたしが逃げだしたい一心で作りあげた妄想ではないのか。退職も決まったことだし、仕事はもうどうでもいいと思っているのかも。そうでなければ、職場のことが気になって、もっと大騒ぎしているはずだ。

　二〇一六年、オックスフォード英語辞典はその年を代表する言葉のひとつにHygge《ヒュッゲ》を選んだ。このデンマーク語の意味はいまではよく知られている。心を穏やかにしてくれる心地よい時間や、外の世界の厳しさを癒やしてくれる家庭的な温かさを指す言葉だ。

　わたしはいま、キャンドルやミントティー、少しのケーキをお供に、暖かいセーターと分厚い靴下に包まれて、暖炉のそばでひとり過ごすヒュッゲな時間を満喫している。満喫しすぎかもしれない。ひょっとすると、わたしは生活を変えたかっただけなのかも。家庭的な幸せで日常のごたごたを癒やしたいという思いが、わたしのなかにずっとあったのかもしれない。ところが、海岸まで散歩をしようと歩きはじめると、痛みはすぐに戻ってきた。

そのまえから、まっすぐ歩けないことには気づいていた。お腹に響かないように、身体が勝手に傾いてしまうのだ。いつものわたしは歩くのが速すぎて、同行者に文句を言われるものだが、今日はせっかちな歩行者が、狭い歩道から車道に下りてわたしを追い抜いていく。

海の上に雲が低く垂れこめている。わたしは防波堤にもたれてひと息つき、輝く波が岸に打ち寄せるのを見ていた。

そのときメールが届いた。発信者の欄に同僚の名前を見てパニックになる。ここにいるのを誰かに見られたのだろうか。どう言い訳すればいいだろう。わたしの不在をカバーするために、みんなが必死に働いているときに散歩をしているなんて。ほんとうは、歩くのもひと苦労で、体力が戻るまではまだしばらくかかるということを、どう伝えたらいいだろう。

メールを開くと、同僚はわたしの体調を心配し、遠慮がちにファイルのありかを尋ねているだけだった。そのとき、自分が妄想のかたまりになっていることに気づいた。疑われているのではないだろうか。見つかったらどうしよう。毎日顔を合わせていた同僚たちは、わたしのことをどう思っているだろう。あれこれ噂しているだろうか。それともわたしのことなど気にも留めていないだろうか。

噂と無関心、どちらがよりつらいのかわからない。仕事についていけなくなった自分が情けない。こんなに遅れをとって、どうやって復帰すればいいのだろう。悲しみ、無力感、先の見えない不安。そんなものが混じりあって、わたしを苦しめる。尊厳を守る最後の砦《とりで》は沈黙を貫くことだけだとわかっているが、そうしたくはなかった。なんとか説明して、みんなにわかってもらいたい。

それよりなにより、消えてしまいたい。なんとかして、この状況から逃げだす方法はないだろうか。自分の輪郭をカッターナイフで切り取って、あらゆる記録ごときれいさっぱり消してしまえればいいのに。だけどそこには人の形をした穴が残るだけだ。わたしがいなくなったスペースをみんながのぞき込んでいる場面が頭に浮かぶ。

そのとき、頭上で物音がした。とつぜんあちこちの屋根から鳥がいっせいに飛び立ち、空を埋めつくしていく。ムクドリの大群だ。百羽を超える群れが、白い空にシルエットを描く。家並みの上で散り散りになったかと思うと、見えない糸でつながれているように、砂浜の上でまたひとかたまりになる。頭上を通り過ぎたときの騒々しいさえずりと無数の羽音は、やがてひとつの目当てを見つけたように穏やかなうなりとなって遠のいていく。

見ものではあったが、見ているだけでエネルギーを使い果たした。でも、そんなことを外の世界にどう説明できるだろう。職場のプレッシャーから逃れて、ムクドリの群れに心を奪われているなんて。そんな自分をどうすれば認められるだろう。

朝の散歩から戻ったわたしは、疲れた身体を休めようと眠りについた。

温浴

アイスランドの旅へ。厳しいが、北国には耐える力があるはず。冬と温浴。身体を温めるまえにほんとうの寒さを知る必要がある。

ブルーラグーンに足を踏みいれたとき、わたしは骨の髄まで冬の訪れを感じていたことに気づいた。

今日は朝から震えっぱなしだった。保温下着とセーターの上に厚手のコートを着込み、耳あてつきの帽子までかぶっているというのに。まるで、極寒の地の羊飼いみたいに。レイキャヴィークの寒さは、最初はそれほどでもない。けれども、徐々に重ね着を通り抜けて、血管のなかにまで入りこんでくる。イギリスのように湿気を含んだ寒さではなく、ただ寒いとしか言えない絶対的な寒さだ。

わたしたちは、このアイスランドの首都をあちこち歩きまわり、港でハンバーガーを食べた。寒さから逃れてケプラヴィークのバイキング・ワールド博物館に入り、バイキング船の模型を見て、アイスランドの神話を学んだ。強風の吹きすさぶ大西洋を眺めながら、マトンのシチューを味わった。

どこもかしこも黒い火山岩の風景には、圧倒されっぱなし。水道水は硫黄のにおいがして、しばらく冷蔵庫に入れて成分を沈殿させないと飲めないというのも驚きだった。わたしたちは冷えきり、疲れ、物価の高さにびくびくしていた。

そんなすべてを、温かいお湯が一気にとかしてくれる。湯は青みを帯びた乳白色で、強い硫黄のにおいがする。湯気が冷たい空気のなかに立ちのぼっていく。入ってくる人の表情が、たちまち緩んでいく。きっとわたしも同じ顔をしているだろう。まさに究極の癒やし。

そう思うのも、まわりの風景のせいかもしれない。白く濁ったお湯をごつごつした黒い火山石が取りかこんでいて、まるで別の惑星にいるみたい。それとも、どんより曇った空の下で泳ぐという非日常的な体験のせいだろうか。ひょっとすると、何か特別な成分がお湯に入っているのかも。

ブルーラグーンは自然が作りだしたものではなく、地熱発電所からの排水からできたプールだ。スヴァルスエインギの溶岩原で掘削がはじまったのは一九七六年のこと。発電に利用するための蒸気と、二百度以上の地下熱水がくみ上げられるようになった。

湯に含まれるミネラルや藻類がパイプに蓄積するため、そのままでは家庭に送りこむことはできない。そのため、地熱水は真水を温めるのに使われている。用済みになった地熱水は、周囲の溶岩に放出される。当初の予定では岩の亀裂やすき間から自然に流れていくはずだった。

けれども、一年も経たないうちに、ミネラルは固体層を形成しはじめ、やがて水中に含まれる二酸化ケイ素によって独特のブルーを帯びた水をたたえるプールができあがった。一九八一年に、乾癬を患った人がこのプールで泳ぎ、症状が改善したと報告された。しだいに多くの人が泳ぎにくるようになり、一九九二年にはスパが設立された。その収益は、急成長するアイスランドの観光収入と足並みをそろえるように、右肩上がりに伸びている。一日券は五十ポンド近くして、数週間はまえから予約しなくてはならない。

更衣棟のモニターには、プール全体の水温が地図上に示されている。三十七度のところもあれば、三十九度のところもある。バートも意外に大喜びでお湯に入り、わたしが広いプールをひと回りするあいだ、犬かきでついてきた。

ケイ素をたっぷり含んだ泥パックで顔を白くした人たちが、冷たいビールを片手にお湯のなかをゆったり歩いていく。わたしのようにただお湯につかっている人もいる。なかには、携帯電話を濡らさないように空のプラスチックカップに入れて持ち運んでいる人もいた。少しのあいだも手放せないようだ。休み方がわからなくなっているのは、わたしだけじゃないみたい。

人工の滝にしばらく打たれてから、蒸気の洞窟に入った。そこで身体の芯までじっくりと熱を取りこむ。アロマの香りのする蒸気の向こうから、ひとりの女性が話しかけてきた。雪景色のときが最高なのだそうだ。たしかにそうだろう。雪の季節に来なかったことが残念でならなくなった。温度は絶対的なものだけど、温かさは相対的なものだ。外が寒いとわかっていれば、お湯はなおさら温かく感じられただろう。

プールから出たあと、わたしは別の種類の温かさに触れた。更衣室では、何人もの女性たちが、恥ずかしげもなく裸の身体をさらしていた。それはビーチで見かけるよそゆきの身体ではない。ダイエットとも、日焼けとも無縁の、北国の身体だ。たるんででこぼこしたお尻、あちこちを向いた陰毛、婦人科手術の跡。それを隠そうともせず、おしゃべりをしている。わたしにはわからない言葉で。

彼女たちの身体は、わたしに未来をかいまみせてくれた。生きていくというのはこういうことだ。世代を超えて、こうして命をつないできたのだ。イギリスにいると、こういうメッセージを受けとる機会はほとんどない。これまで自分の身体に衰えのきざしを見つけて、何度ため息をついてきたことか。人生にどれだけ多様な段階があるかも知らずに。

けれども、いまわたしの目の前には、人生の冬の鮮やかな見本がある。それはプレゼント交換に出された贈り物のように、無造作に差しだされている。

冬にはさまざまな学びがある。人には過去があり、現在があり、未来がある。人生は続いていく。たとえ何があろうと。

そういえば、人生に行き詰まったとき、わたしはいつも北に旅をしている。氷に閉ざされた世界の果てに行きたいという衝動に駆られる。寒さで澄んだ空気が、頭をまともに働かせてくれる気がする。

わたしは、北国の合理性や、物事に備え、耐える力を信じている。季節にめりはりがあるのもいい。暖かい南の国は、季節の変化がなさすぎて、現実味を感じられない。冬が授けてくれる、リセットの感覚が好きなのだ。

わたしたちは、わたしの四十歳の誕生日を祝うためにアイスランド旅行を計画していた。ずいぶんまえ——といっても、ついこの八月のことだ。そのころはまだ、なんでもできるし、どこへでも行けると思っていた。夫の虫垂炎で、わたしの誕生祝いが中止になったときも、まだ冗談を言う余裕があった。誕生日当日に出発するんじゃなくてよかった、もしそうだったらわたしひとりで行っちゃってたかも、なんて。

ところが、出発日が近づいてくると、やっぱり行けないと思うようになった。行けるような体調じゃない。体力も戻っていない。そもそも旅行に行く資格なんてない。病気で休職しているのに遊びにいくなんて、みんなが知ったらどう思うだろう。病気の回復期に休暇をとって、ゆっくり身体を休めることが許された時代はとっくに終わった。回復を待ってもらえるかさえあやしいものだ。働かざるものは去れという風潮なのだ。

次の診察日に、旅行保険の払い戻しに必要な診断書を書いてもらおう。そうするのがまっとうで、モラルにかなっている。診察が終わったとき、わたしは主治医に言った。アイスランド旅行を予約していたけれど、行くのは無理だと思うんです。

主治医はきっぱり言った。「行くべきよ。体調が悪いなら、どこの国にいたって同じ。どうせなら楽しんだほうがいいわ。人生何があるかわからないんだから、行けるときに行っておきなさい」

彼女はわたしを元気づけようとして言ったのだろう。それはうまくいかなかったけれど。それでも、これは貴重なアドバイスだ。人生は一度きりだという事実を、日頃から目の当たりにしている人の意見だからなおさらだ。彼女はきっと、一瞬にして荒涼とした冬に投げだされた人々を、日々診察室のデスクから見てきたのだろう。

わたしはアドバイスに従うことにした。一週間後、わたしはレイキャヴィーク行きの飛行機に乗った。

ブルーラグーンで泳いだあと、高熱で寝込んでしまった。温泉に引きだされたかのような急な発熱だった。ベッドのなかで、歯をがたがた鳴らして震えながら、シーツがぐっしょり濡れるほど汗をかいた。喉はガラスの破片を詰めこんだように痛んだ。

医者に診てもらおうにもどうすればいいのかわからない。どれくらいかかるのかも。物価の高いレイキャヴィークでそれは恐怖だった。しかたがないので、わたしは夫とバートを観光に送りだし、民泊サイトで借りたアパートメントのソファに横になって、冷たい水を飲みながら、ネットフリックスで映画を観た。

四時間おきに鎮痛剤と解熱剤を交互にのみ、眠くなればうとうとした。無理をしすぎたせいで、北欧神話の怪物に叱られたのかも。それでも、次の日になると、熱は下がってきた。きっとただの扁桃炎だ。よかった、これならたいしたことはない。

車で出かけるくらいはできそうに思えたが、すぐに思い直した。わたしはある意味、人生の新しい局面の入り口に立っている。これまではストレスがきつすぎて、身体のことを気づかう余裕がなかった。ストレスの締めつけがほんの少し緩んだいま、身体はその反動をまともに受けている。爆弾が破裂してすぐ、逃げるようにアイスランドに来たわたしを、爆風があとから追いかけてきたのだ。

人生は間違いなくわたしに教訓を与えようとしている。その中身はまだわからないけれど。行動をセーブして、おとなしく家にいて、冒険はあきらめろということでなければいいけど。わたしが学びたいのはそういうことではない。

することもなくソファにいるというのは、なじみのない経験だ。本はたくさん持ってきていたが、いまはどれも読みたいとは思わない。それで、フィリップ・プルマンの『黄金の羅針盤』をキンドルにダウンロードし、羽毛布団にくるまって読み直した。いまのわたしには、氷のツンドラや、よろいをつけたクマや、謎の粒子や、オーロラのなかの隠された都市や、船上放浪者たちの温かい抱擁が必要だ。

物語の世界に逃げこみたいと思ったとき、わたしはよく児童文学に手を伸ばす。美しくて複雑で、同時に穏やかで懐かしい世界。読み進めるうちに、わたしはページのなかに、ある登場人物をさがしていることに気づいた。たしか、守護精霊から引き離されて死に瀕した、トニー・

マカリオスという少年がいたはず。彼の名前をさがしてページをめくる。読みはじめてから二時間後、彼は現れた。主人公ライラによろよろと近づき、身を震わせ、息も絶え絶えになって。

わたしは、いまの自分を映しだす鏡として、彼をさがしていたのだ。ふたつの世界のはざまに落ちこみ、未来を信じることができない、寄る辺のない子ども。それがいまのわたしだ。わかったところで慰めにはならないが、少し気持ちが楽になった。誰かと怒りを共有したり、悲しい映画を観終わったときのように。

旅行も終盤になると、わたしは回復し、薬の助けを借りれば、ホエール・ウォッチングの船で海に出られるまでになった。空は青く晴れわたり、空気は澄んでさわやかで、オールドハーバーから見る海は、鏡のようになめらかだ。

バートは、オーバーオールと中綿入りのパーカーを着こんだうえに、巨大なライフジャケットを着せられて、ほとんど身動きができなくなっている。船が港を出ると、酔っ払ったミシュランマンのように足をもつれさせて、デッキをあっちに行ったりこっちに来たりしている。自由に歩きまわれないのですぐに退屈して、スマートフォンでアニメを見たいとせがむ。ベンチに寝そべろうとするが、何度やってもうまくいかない。船が波で揺れるたびに、ベンチから転がり落ちて、オレンジ色のカブトムシのように足をばたつかせている。

見渡すかぎりの壮大な海に、バートはまるで興味がなさそうだ。小さなミズクラゲが水面のあちこちに浮かび、ウミバトが見えない魚をめがけて水中にダイブしていく。ただ、クジラはたまにしか姿を見せず、見えたとしても一部だけだ。

そもそも、バートにはクジラがめったに見られないものだという感覚がない。クジラが出てくる本を何冊も持っているし、テレビでも見たことがある。テレビのクジラは、奇妙な声を張りあげて、カメラに目線を送ってくる。バートにとってはありふれた生き物で、しかも今日はあまり協力的ではない。

海の生き物を間近で見るのをありがたがれるのは、大人だけの特権かもしれない。ミンククジラが、船から数メートルのところに現れ、そのすぐうしろを子クジラが泳いでいく。船の舳先ではイルカの群れが競いあって泳ぎ、波のあいだから十頭あまりがいっせいにジャンプする。みんな生きて、命をつないでいる。この厳寒の海のなかで。

港に戻る船の甲板で、顔に低く差し込む陽を浴びた。わずかに露出した身体の一部を、かろうじて感じる程度の暖かさにさらし、リフレッシュした気分になる。これが北欧の日光浴だ。ブルーグレーの大西洋に風が描く模様を見ていると、心が穏やかになってくる。常夏のリゾートでは、こんな感覚は味わえない。わたしには寒さのほうがしっくりくる。

冬を追いやるために、二週間かそこら暖かい国に旅をして何になるというのだろう。避けられないことを遅らせているだけだ。わたしは寒さのなかで冬を過ごし、冬が連れてくる変化を受け入れ、順応したいと思っている。

そうは言っても、わたしはこれまでずっと冬の寒さを避けてきた。そのほんとうの厳しさを味わったこともない。イングランドの南東部で育ち、冬じたくが必要だったことはなかった。雪はめったに降らないし、電灯をつければ闇はすぐに追いはらえる。過酷な寒さに何か月も耐えることも、交通を遮断されて孤立することもない。

ここアイスランドで——雪が降るとすぐに道路は封鎖され、生き物は吹きさらしの溶岩に我慢強くしがみついて生きるこの国で、わたしは暖かさを保つことを学んだ。

そして、大西洋のはずれに浮かんだ船のデッキで、近づいてくる個人的な冬と向きあっているいま、寒さには不思議な癒やしの力があることをたしかに感じている。転んで足をひねったときには、患部に氷を当てる。そのやり方を人生に当てはめてもおかしくはないはずだ。

最終日には、アイスランドの定番の観光名所、通称ゴールデン・トライアングルを車で巡った。グトルフォスの滝では、大勢の観光客に交じって、轟音を立てる滝と、そこにかかる虹を見た。ストロックル間欠泉では、地鳴りのような音とともに水面が盛り上がったかと思うと、熱湯が巨大な柱状に噴き上がった。シンクヴェトリル国立公園では、北米プレートとユーラシアプレートの境にできた裂け目を見た。

そして、木の一本もない道を戻る途中、遠くに光るものが見えてきた。あれは海だろうか。もう島の反対側まで走ってきたのだろうか。そう思って地図を見ると、なんとそれは氷河だった。一年じゅうとけない氷の大平原が、水面のようにきらきら輝いているのだ。こんなところに氷河があるなんて、そんなことがあり得るなんて。

この国のことは、まだ知らないことばかりだ。氷河と温泉が共存し、たくさんの神話に彩られた、別の惑星のような国。こんどはもっと暖かい季節に来よう。そうわたしたちは誓った。


ハンネとおしゃべりをしていると、しょっちゅうサウナの話題になる。寒さとつきあっていくにはサウナが欠かせないのだそうだ。アイスランドから帰ってみると、ハンネのサウナ熱と、わたしのブルーラグーンの体験には共通点があることに気づく。ただ身体が温まるだけじゃない、心が緩むあの感覚は、たしかにやみつきになる。

フィンランド人にとって、サウナは心のよりどころといってもいい。とくに冬のあいだはリラックスと静養の場として大切な役割を果たす。ほとんどの家に自前のサウナがある。集合住宅にも共同のサウナがあって、週替わりで使える時間が割り当てられているそうだ。サウナのない生活など考えられず、浴室やキッチンと同じように暮らしに欠かせないものだと考えられている。

「それは瞑想の場よ」ハンネは言う。「一家団らんの場でもあるわ。サウナするのは、思考をリセットすることなの」

ハンネは完璧な英語を話すが、〝サウナする〟というフレーズは何度も聞いたことがある。彼女にとってサウナは、片隅で石炭が焚かれる小屋の呼び名ではなく、生きるうえで必要な行為のひとつなのだ。

「大切なことが決められるのは、たいていサウナのなかよ。わたしの母なんて、サウナのなかで生まれたんだから」信じられない。そんな熱いところで子どもを産むなんて、考えただけでもぞっとする。

「昔はみんなそうだったのよ。サウナほど清潔な場所はほかになかったし、必要なときにはお湯がすぐに使えるでしょ。そのころは、人が亡くなったときもサウナで身体を清めていたそうよ」

ごく最近まで、サウナはライフサイクルのすべてを担っていたのだ。誕生から死まで、生きていくことのすべてがいまも精神的にはサウナとともにある。冬になるとその距離はぐっと縮まる。

「サウナから出たあとはどうするの?」

「湖に飛び込むわ、もしできればだけど。それか、裸で雪のなかを転がるの」

わたしはしばらくハンネを見つめた。「うそでしょ?」

「うそじゃないわ。すごく気持ちがいいんだから。夏だったら、たき火のまわりにみんなが集まって、棒に刺したソーセージをあぶったりして。冬だと、火を焚くのも日常的になるけどね。暖をとる必要があるから。うちには、サウナを出たあとでくつろぐ専用の部屋があったわ。みんなでタオルの上にすわって飲み物を飲むの。そういう場所は、孤独をまぎらわすためにとても大切よ」

冷たい湖や、積もった雪がすぐそばにあるサウナには簡単には行けない。それで、わたしは毎週地元のジムで軽く泳ぎ、そのあと三十分、サウナに入ることにした。そうすれば、北欧の人たちの明晰さや、たくましい生命力に少しは近づけるかもしれない。

わたしは早くも、パイン材造りのサウナの薄暗がりのなかでリラックスして、神話時代からの知恵を吸収し、同時に、毛穴をきれいにしている自分を思い浮かべる。

夫にちらりと話すと、彼は言う。「サウナはきみには向かないよ。暑がりだから」

「そりゃそうだけど、少しは暑さに対する抵抗力をつけたほうがいいと思うの。きっと徐々に楽しめるようになってくるわ。暑さを目のかたきにするのはそろそろやめにしなくちゃ」

何年かまえ、友人といっしょにサウナに入ったことがある。彼があんまり石炭に水をかけまくるので、わたしはやけどを怖れて逃げだした。すぐに追いかけてきてあやまるかと思ったのに、彼は十分後に悠々と出てきた。全身をロブスターみたいにピンク色に染めて、顔にうっとりした笑みを浮かべて。

そのときわたしは悟った。必要なのは、熱さを怖れることではなく、熱さにひれ伏すことだったのだ。

わたしはジムの入会金を払い、まずは塩素のにおいのするプールで泳いだ。二十メートルも泳げばじゅうぶんだ。次に、身体を慣らすためにミストルームへ。温かく濃い霧のなかで、肌がしっとりうるおい、肺のなかが浄化されるのを感じる。以前から、サウナよりもこちらのほうが魅力的だと感じていた。乾燥して息苦しいサウナに比べて、ミストルームは暖かくて快適だ。

でもどういうわけか、世界じゅうの愛好家たちは、あらゆる蒸気浴の頂点として、サウナを崇めているようだ。それは、サウナが奥深く、上級者向けの印象があるからだろうか、それとも、小さな木の小屋のなかで熱した石に水をかけるだけという、シンプルさが受けるのだろうか。

市営のジムのミストルームだと、椅子はプラスチックで、室温はサーモスタットで制御されている。それに比べてサウナはよりナチュラルだ。ミストルームが好きというのは、昔ながらの商店街よりも、新しいショッピングモールが好きというのと同じで、おしゃれじゃない。なんとしてでもサウナを好きにならなければ。

そういうわけで、わたしは自分を引きはがすようにして、プラスチックの椅子から立ち上がり、フックからタオルを取って、サウナに足を踏みいれた。幸い、なかには誰もいない。しばらく無人だったようで、むっとするような熱さではなく、快適な暖かさだ。隅でサウナヒーターが稼働している。

ベンチの下段にタオルを広げて腰かける。ここがいちばん熱くなさそうだ。ところが、乾燥した空気をいきなり吸いこんで、せきこんでしまう。もちろんこれはいいことだ。きっと、喉の通りがよくなったんだ。サウナの霊験あらたかといったところか。

満足してうしろにもたれたとたんに後悔した。背中にベンチの横木の跡が真っ赤についていなければいいけど。

サウナのなかはいいにおいがする。木の香りにかすかにアロマの香りが混じっている。肌がぴりぴりして、毛穴が開いていくのがわかる。毛根が針で突かれたようにちくちくする。室温がどんどん上がっていく。さあいよいよ、穏やかで、平和で、日常の不安や心配から解き放たれたサウナの境地に入っていくところだ。

だけど、感じるのは喉の渇きばかり。呼吸して気持ちを落ちつかせる。ここを出たらすぐに水は飲める。いまは〝サウナする〟ことに集中しよう。アイスランドでやったみたいに、熱の持つ根源的なパワーを取りこんで、人生の荒波を乗り越える力を身につけるのだ。

これはお遊びじゃない。きちんと実証されたセルフケアの方法で、予測のつかない人生に対処するための確固たる手段だ。わたしはいまきわめて実際的なことをしている。

わたしにはすっかり火が通った。串を刺せば、澄んだ肉汁が出てくるにちがいない。もうこのへんでいいだろう。サウナにいた時間のおかげで、頭はすっきりと冴えわたっている。その冴えた頭がわたしに告げている。これ以上無理をすることはない。これから時間をかけてサウナに慣れていけばいい。わたしは立ち上がり、タオルを肩に巻いて、シャワーに向かって一目散に退散する。

温かいお湯が頭皮をたたき、肺は冷たい空気をむさぼった。そのとき、軽いめまいを感じた。何度か深呼吸してみたが、心臓は早鐘を打つようで、目の前には金色と緑の光が点滅している。でもだいじょうぶ。こうして現状を分析できるくらいには意識もしっかりしている。水を飲めばすぐになおる。そういえば、喉がからからだ。

シャワーをとめて、更衣室の個室に戻り、そこにすわってしばらく休む。そうしながらもふと思いつく。わたしはいまふらつきぎみで、鍵のかかった個室にいる。タオルの下には何もつけていない。この状況は危険だ。早くなんとかしなければ。

わたしは、急いで下着を身に着けた。ブラのホックをなんとかとめたとき、目の前がぐらりと揺れた。まずい。気を失うかもしれない。倒れてけがをしないように、床に横になったほうがいい。

そんなわけで、わたしは滑り止めの突起のある冷たいタイルに頬を押し当てて、床に寝そべる。女性たちの足が行き交う。クリームを塗り、靴下を履くのを眺めているうちに、気分はずいぶんよくなった。気になるのは、床の突起が頬に刻印されていないかということだけだ。

ずいぶんまえになるが、ある音楽フェスで熱中症になり、救急テントに運ばれたことがある。そのときは、わけのわからないことを口走っていた。三つ子の兄といっしょに来ているけれど名前は思いだせない、とかなんとか。わたしの(じっさいにはひとりきりの)兄が、場内放送でこの情報を耳にして、どういうわけか、わたしだとピンときたらしい。

いまは、そのときの状態とはぜんぜんちがう。頭は明瞭そのもので、少し床にくっつきすぎていることを除けばなんの問題もなかった。ただ、喉がからからなだけだ。

頭を少し持ちあげてみる。だめだ、また視界が揺れる。隣の個室の女性に少しだけ助けてもらおう。その女性は、さっきからかなり長いあいだバッグやボトルの音をがちゃがちゃさせていた。

「すみません」はじめは小さな声で、それから仕切りの板をたたいて、もう一度大きな声で言ってみる。「すみません」

「はい?」びっくりしたような声が返ってくる。

「ご迷惑をおかけして申し訳ないのですが、少し頭がくらくらするんです。お水を一杯いただけないでしょうか」

一瞬間があった。

「急ぎます? いま着替え中なんですけど」

「お願いします。床から起き上がれそうにないんです」

女性は沈黙した。どうやらわたしとの会話を打ち切って、自分のことに専念することにしたようだった。やがて、彼女は個室から出ていき、更衣室のドアもばたんと閉まった。みんないなくなってしまった。

ところが、そう思ったのはつかの間で、とつぜん更衣室のドアが開き、別の女性が声をあげて入ってきた。「ご気分の悪い方、だいじょうぶですか!」

やれやれ、なんてことだ。彼女はわたしに個室のドアを開けられるかと尋ねる。もちろん開けられる。

わたしがドアを開けて、コップに一杯水が欲しいだけだと説明しようとしたそのとき、彼女が単なる先発隊だったことがわかった。更衣室に、スタッフ全員かと思えるほどの人数が大挙して入ってきたのだ。その半分は男性で、ふたりはＡＥＤを抱えている。わたしを半円形に取りかこみ、心配そうな顔をしているが、その実、救命訓練で教わったことを実地に試す機会に興奮していた。

わたしはひそかに、さっき床に寝そべるまえに下着を着けた自分をほめてやった。

「出ていってもらってください」最初に入ってきた女性に小声で言う。わかってくれそうなのは、わたしと同じ四十代に見える彼女しかいない。「下着しか着ていないんですよ」

ありがたいことに、彼女はわかってくれた。タオルをわたしの身体にかけ、集まったスタッフたちに、わたしには意識があるからもう解散していいと伝える。

「ごめんなさいね」彼女はあやまる。「救急処置ができる人を無線で募ったら、全員が来てしまって」

「水を一杯いただくだけでいいんです。ほんとうに」

ようやく水が来た。起き上がって飲むと、気分はよくなってきた。少しでも回復を早めようと、リラクゼーション・ルームに行って、甘ったるいお茶を飲みながら一時間過ごした。車で帰るのは危険だと言われて、タクシーで帰った。

かかった費用はしめて二十五ポンド。前払いした三か月分の会費も無駄になった。あのジムには二度と足を踏みいれるつもりはないから。

たぶん、とわたしは思った。北欧の習慣を無条件に取りいれるのは間違いなのかもしれない。サウナに慣れるには長い時間がかかるのだろう。それとも、まだ早すぎたのだろうか。たぶん、身体を温めるまえに、まずはほんとうの寒さを経験する必要があるのだろう。

ゴースト・ストーリー

お祭り騒ぎのハロウィンも、かつては冬の入り口だった。
闇と死の世界を垣間見て、次の世界への道が示される日なのだ。

ハロウィンは冬の入り口だ。

厳密にいえば、十一月は秋で、葉はまだかろうじて木にしがみついている。でも気持ちのうえでは、季節はここで境界線を越える。ハロウィンの翌日、カボチャのランタンがしなびはじめると、気持ちは一気にクリスマスに向かう。そうなると、暖炉の薪を集めなくちゃ、“たき火の夜《ガイ・フォークス・ナイト》”には、ジーンズの下にタイツをはかなくちゃ、と頭のなかは冬一色になる。

わたしが子どものころ、ハロウィンはそれほど大きな行事ではなかった。けれどいまは、クリスマスと同じように、独特な盛り上がりを見せている。

アイスランドから戻ると、街はハロウィン一色だった。わが家のある通りにも、窓におばけやコウモリの切り抜きを飾り、ドアにカボチャの輪飾りをつけた家々が並んでいる。雑貨店のショーウインドーのマネキンは、黒いマントをつけ、顔に不気味なマスクをかぶっている。肌が緑色で、目玉が飛び出し、口は悲鳴の形にゆがんだやつ。

そういえば子どものころ、祖父母の家にいたときに、ゾンビの格好をしたふたり連れが、お菓子をねだりにやってきた。わたしは怖くてたまらず、思わず祖母のうしろに隠れたものだ。

ところが、バートは恐ろしげなマスクを見ても怖がるどころか欲しがり、うちは今年も飾りつけをしないのかと文句を言いはじめた。綿でクモの巣を作ったり、にせの墓石を置いたりしたいのだと言う。

「うちはハロウィンはやらないの」わたしはバートに言った。骸骨や切断された指のおもちゃがずらりと並んだウインドーを通り過ぎる。「こういうのは、わたしたちの伝統じゃないから」

「ねえ、どうしてだめなの？」バートはなおも食いさがる。どう言えばわかるだろう。悪趣味だから？　歴史がないから？　とにかく、わたしにはすべてがやりすぎに思えてならないのだ。無駄なお金ばかりかかる新しい習慣が、なんの断りもなく次から次へとはじまって。そのどれもがげんなりするようなものばかり。

それに、ハロウィンの夜はいつも、一歩間違えば何が起こるかわからないような雰囲気があって、ティーンエイジャーたちの横を通り過ぎるたびにわたしは、びくびくしている。

去年などは、十一月一日の朝、外に出ると、玄関に卵が投げつけられていた。殻が粉々にくだけて、ドアにべっとり貼りついていた。まえの晩は、誰か訪ねてきたらお菓子を渡そうと、玄関のそばでずっとそわそわしていたのに。こんなたちの悪いいたずらの標的にされるなんて。偶然よ、と言い聞かせながらも、自分の発する不安が嗅ぎつけられたような気がした。

もちろん、ハロウィンはもともとふだんの秩序がひっくり返る日だ。古代暦で冬のはじまりのこの日は、立場が逆転する日とされていて、貧者を上に立たせ、金持ちから地位を奪うという伝統があった。そして、お化けや仮装に象徴されるように、権力を持たない人々が、少しばかり羽目をはずすことが許された。そうすることで、暴動や反乱の危険を抑えようとしたのだ。

現在のハロウィンは、次の世代の若者たち（ちゃんとした玄関扉のある家を持てそうにない人たち）が潜在的に持っている、破壊活動への願望を表に出す機会を与える。そうすることで、少なくとも今年が終わるまでは平穏でいられるという見通しがつくのだ。

バートが反抗期に入るまでにはあと十年ある。いまの彼にとって、ハロウィンは、仮装して冬も間近な夜に繰りだし、見ず知らずの家のドアをノックしても許されるというお祭りの日だ。たき火の夜も好きだが、それだけでは足りないらしい。もうすぐ、あっという間に日が落ちて、外で遊ぶ時間が極端に少なくなる。そのまえに、仲間たちと弾けたいのだ。

「来年は飾りつけをしようね。約束する」わたしは思わず口にしていた。

その昔、ハロウィンは単なる諸聖人《ハロウマス》の日の前夜だった。諸聖人の日は、キリスト教の信者たちが、聖人たちの犠牲に思いをはせる日だ。

ハロウィンには、ケルト人の一派、ゲール人の異教の祭り、サウィン祭の影響が色濃く見てとれる。これは、一年の〝闇の半分〟の到来を祝う祭りだ。たき火と松明が焚かれ、灰がまき散らされ、夢やカラスの飛び方で未来が占われた。

とくに重要なのが、この日はこの世とあの世を隔てるベールが最も薄くなると考えられていたことだ。いにしえの神々を鎮めるために、いけにえや贈り物が捧げられ、妖精のいたずらがいつもより危険なものになるとされた。

ケルト暦では、この日が年越しの日だった。ふたつの世界のはざまであり、ふたつの季節のはざまでもあるこの日、人々は、境界線を越える一歩手前にいる。でもまだ完全には越えていない。自分が何になるのか、この先何が待っているのかわからない。サウィン祭は、そんな端境期を祝う祭りだ。

現在のハロウィンのイベントで、死者はまるっきり忘れ去られているか、少なくとも悲しみや喪失といった感情とは切り離して扱われている。死者を悼む気持ちとはほど遠い。当然といえば当然だ。現代社会は、死を消し去ることに全力をあげて取り組んできたのだから。とことん若さを追い求め、年寄りや弱った者たちを脇に追いやってきた。死者を主人公にするという古い伝統はすっかり忘れ去られている。

現在のハロウィンは、わたしたちがひそかに考えていることをそのまま映しだしている。それは、死ねば人間は腐り、モンスターになるということだ。

けれど、冬は死が最も身近になる季節だ。この快適な現代にあっても、寒さはわたしたちに死の恐怖を感じさせる。冬の長い静かな夜は、深い闇のなかに亡き人の存在を感じることもある。冬は幽霊の季節だ。その薄い影は、明るい日差しのなかでは見えない。冬はその影をふたたびはっきりと浮かびあがらせる。

ハロウィンの当日になって、わたしは気持ちを切り替えた。バートは友達といっしょに、お菓子を集めに夜の町に出かけていった。帰ってきた彼らを、わたしはパンプキン・スープと、ゾンビの指風ホットドッグ(虫に見立てたフライドオニオン添え)と、緑色のアイシングを垂らしたチョコレートケーキで迎えた。彼らは裏庭でリンゴ食いゲームをしたあと、顔じゅうを白く塗り、目のまわりを黒くして骸骨に変身した。

バートはすっかり満足してベッドに入った。楽しさと糖分でハイになって、もう来年の衣装は決めたんだと言う。平日の夜遊びを覚えさせてしまった。そう考えると、少し愉快な気持ちになった。

その夜、わたしは子どものころに大好きだった、ルーシー・M・ボストンの『グリーン・ノウの子どもたち』のページをめくった。あまりにもたくさんの粗悪な霊のイメージに囲まれて、正統な幽霊の物語を読みたくなったのだ。端正に書かれた物語で、怖いというよりは不思議な雰囲気があり、この世とあの世のはざまがテーマになっている。

二十世紀半ばの児童文学によくあるように、物語はクリスマス休暇とともにはじまる。主人公の少年トーリーは、列車に乗って、寄宿学校からひいおばあさんの住む古い屋敷に向かう。両親がビルマ(ミャンマー)に赴任しているので、そこで休暇を過ごすことになったのだ。ひいおばあさんのオールドノウ夫人はとても親切で、少し謎めいた女性だ。はじめは、屋敷を寂しいところだと思ったトーリーだが、しばらくすると、そこにはいっしょに遊べる子どもたちがいることに気がついた。ただし、遊べるのはたまにだけ。その子たちは、この屋敷に昔住んでいた子どもたちの幽霊なのだ。

この屋敷は、いくつもの時代が混じりあう、時を超越した場所だ。そういう場所は、ケルト神話では〝薄い場所《シン・プレイス》〟と呼ばれ、幽霊はそこを通ってこの世にやってくる。やがて、トーリーはほかの子どもたちといっしょに古代の悪霊と戦うことになるのだが、それだけでなく、彼らに歌を教えてもらい、いっしょにおもちゃで遊ぶようにもなる。

今夜この本を読んで、いちばん心が揺さぶられたのは、最後のほうに出てくる一節だ。たぶん、子どものころのわたしの目には留まらなかったのだろう。クリスマス・イブに、トーリーがひいおばあさんといっしょにツリーを飾っていると、二階からゆりかごの揺れる音が聞こえてくる。やがて女の人の歌声がそこに加わる。

ラーリー、ラーラー、ちいちゃな子、
おねんねしましょ、ララ、ラーレー、
おねえさんたちもよ、このひと日、

きよく守っていきましょう。
かわいそうなちいちゃな子、
みんなでうたってあげましょう、
おねんねしましょ、ララ、ラーレー。
（亀井俊介訳『グリーン・ノウの子どもたち』）

トーリーは尋ねる。誰が歌っているの？　どうしておばあちゃんは泣いているの？

ずっと昔の声だから、誰かはわからないとひいおばあさんは答える。「きれいな歌だわね。ただ、あんまり昔の歌なのよ。どうして悲しいんだかわからないけど、悲しくなるときがあるの」

おばあさんの言いたいことがほんとうにはわからず、トーリーは声を合わせて歌う。「四百年もまえのこと、この子が眠りについたのは」

なぜこれほどたくみに、悲しみや喪失、そして過去を受け継ぐことの重みを、子ども向けの本に忍ばせることができるのだろう。そしてその重みを、わたしたちはどうしてこうも簡単に忘れてしまえるのだろう。

幽霊は、ハロウィンにはつきものだ。けれど、わたしたちが幽霊の話に惹かれるのには、じつはもっと微妙な欲望が隠されている。それは、死んでも、この世から簡単には消えたくないという望みだ。わたしたちはこの世に生きたあかしを残すことにこだわる。大きくても小さくてもいい、財産でも名声でも、とにかく何かを残したい、忘れられたくないと願う。

そしてさらに、心の奥底でもうひとつ、別の望みも抱いている。それは、死者に自分たちを忘れずにいてほしいという願いだ。愛する人が死んでも、その人がいてくれたことの意味が消えることはない、そうであってほしいと願っているのだ。

祖母は、わたしが十七歳のときになんの前触れもなく亡くなった。病院のベッドで八十歳の誕生日を迎えた人のことをそんなふうに言うのは、馬鹿げているかもしれない。でも、それはわたしにとって死とのはじめての出会いで、予想もしないことだった。祖母はよくなって家に帰れるものだと無邪気に思っていた。

祖母とわたしはふたりとも怪談が好きだった。でも、ほんとうの意味でわたしが怪談に興味を持つようになったのは、祖母が死んでからだ。わたしは合理主義者だったけれど、幽霊がいるかどうかについてはまだ結論を出せていなかった。もし幽霊がいるのなら、祖母はわたしのところに来てくれるはずだと思った。

でも、彼女がわたしの枕元に現れることはなかった。どれほどがっかりしたかは、言葉では表せない。それが喪失感というものだ。せめてもう一度会えたら、もう何もいらないと焦がれる気持ち。とくに最初の一年が苦しかったが、いまもその思いは消えていない。

いまはもう、ハロウィンは死者を想うための日ではなくなっている。それでも、ハロウィンはわたしたちの、はざまの世界に足を踏みいれたいという、ひそかな望みをあらわにする。そのとき、わたしたちは恐怖と喜びが紙一重の場所に立ち、生者と死者のあいだのベールを一瞬だけ持ちあげようとする。

ただ、それ以上に、ハロウィンは冬の訪れを感じさせ、暗い季節への扉を開き、未来に潜む闇を思い起こさせてくれる。

この日をどんなふうに祝うかを決めるのは、わたしたち大人の責任だ。商業化されたどんちゃん騒ぎ以外にもやり方はあると思う。

たぶん、わたしたちはサウィン祭の儀式に学ぶべきなのだ。たき火を焚いて、いにしえの神々の怒りを鎮め、真摯な気持ちで未来を占う。そうすれば、いつかどこかで次の世界への道が示されるだろう。

十二月

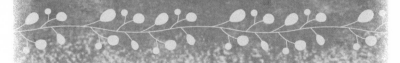

変化

死地を脱したシェリーという女性の話を聞き、元気をもらう。春を待ち、食事療法で休息。命の営みは冬にも続いている…。

空気が変わった。早朝、裏口のドアを開けると、ミントのようにぴりっとした空気がキッチンに流れこみ、吐く息を白くする。

冬はなんでもない日常に魔法をかける。目にするものすべてがきらきらと輝き、ごみバケツのふたや、つぎはぎだらけのアスファルトさえ美しく見える。霜が車の屋根に神秘的な模様を描き、側溝にたまった水には薄い氷が張る。

わが家の猫たちも、冬毛に衣替え。白黒ぶちのルルは、こげ茶の夏毛からつややかな黒に変わり、薄茶のハイジも、ブロンドからビロードのような赤褐色に変わっている。最近は、気がつくと家のなかにいる。夏には夜の冒険に繰りだすのに忙しくて、わたしたちのことなど見向きもしなかったのに。人間と同じで、猫たちもふかふかのクッションと、ときどきは暖炉の火が恋しくなるらしい。

変化はわたしにも訪れる。

一日じゅう靴下を履いている足は、小麦色があせてすっかり白くなり、頬のそばかすも薄くなった。脚やひざはかさつき、指にはささくれができている。肌は毎朝、化粧水をぐんぐん吸いこむ。日差しが弱くなったせいで、髪の色が濃くなった。海風で赤らんだ頬が、そのくすんだ茶色の髪を引きたててくれるけれど、人目に触れる機会はもうあまりない。

冬がもたらす人との距離は嫌いではない。昼間でも人影がまばらななか、低い日差しを浴びながら、自分の影が長く伸びていくのを眺めたりするのも悪くない。

季節は移り変わり、わたしは痛みに慣れてきた。二週間ほど抗生剤をのむと、頭はずいぶんすっきりした。ひどい痛みも鎮痛剤でなんとか抑えている。少しの時間なら、外にも出るようになった。

この季節、ビーチはわたしひとりのものだ。潮風に吹かれてどこまで歩いて行っても、誰ともすれちがわない。寒さや荒れた海を楽しもうという人はほかにはいないみたい。少し耳が痛むのと、ぬかるみを気にしなければ、冬はウォーキングに最適な季節。

とりわけ寒い日には、ぬかるみさえも凍って、足の下でぱりぱりと小気味よい音を立てる。草の葉のひとつひとつが白い霜で縁どられている。

こんな繊細な美しさに出会えるのも、この季節ならでは。

今日は、ストゥール川沿いをサンドウィッチまで足をのばした。干潟を抜けてペグウェル湾に向かう。葦が乾いたベージュの葉を揺らし、裸木のあいだを、鮮やかな緑色のキツツキが飛び交っている。

ユリカモメもすっかり冬の装いだ。はじめて冬を迎える若い鳥たちは、茶色からグレーへ羽色を変えている。空を行き交う親鳥たちは、一見真っ白だが、よく見ると、目のうしろに薄い斑点があり、まるで耳のように見える。これは、夏の黒い羽毛の名残。落ちつきなく、お腹をすかせているところは、夏と変わりない。

沼地に潮が満ちてきて、銀色の浅瀬に変わる。居場所を追われたダイシャクシギが、小道のある草地までやってきて、わたしに向かって不機嫌そうに声をあげる。キジも何羽かいる。一羽のハヤブサが、カラスの群れにけんかを売られている。

厳しい冬への移り変わりのうちにも、こんなにも豊かな生命があふれている。

「母が皮をむいたブドウをわたしの口に入れて、噛めるようにあごを動かしてくれたわ。そうしなければ食べられなかったの」シェリー・ゴールドスミスは言う。

ここはシェリーのオフィス。窓からは、灰色に煙るメドウェイ川が見える。

「そのときのお話を伺ってもいいですか?」わたしは尋ねる。「つまり、ほんとうにだいじょうぶなのかしら」

「もちろん、だいじょうぶよ」彼女は言う。無理をしている様子はない。ここに来て、彼女のいれてくれたカモミールティーのカップを手にして、ようやく気づいた。わたしはなんてぶしつけなお願いをしているのだろう。病気というのはただでさえプライベートなことだ。シェリーのように、とつぜん生死を分けるような病に侵されて、人生のすべてが変わってしまった人にとってはなおさらだろう。

でも、わたしはどうしても知りたかった。十七歳のときに彼女は昏睡状態に陥り、ふつうの生活に戻るまで一年かかっている。

人生の冬ということを考えたとき、とっさに彼女のことが頭に浮かんだ。そのときの話を聞かせてもらいたかった。だいじょうぶという言葉を信じたのは、彼女がその経験を経て、並はずれた精神力を身につけたと感じたから。そのとき何を考えたのか、彼女の冬はどれほど深いものだったのか、そして、どうやってそこからはい上がってきたのかを知りたかった。

シェリーは以前からの知り合いだ。親切で気さくで、それでいて驚くほどの知性を持つ、たぐいまれな人。テキスタイル・アーティストで、賞を受けたこともある。

作品は、世界じゅうの有名なギャラリーや美術館に展示されてきた。主に古い衣服を素材にしている。子どものワンピースやビンテージのネグリジェに、プリントやステッチを施したものが中心で、レーザーで加工したり、縫い目をほどいたりしたものもある。

彼女の作品は繊細さとすさまじいエネルギーとを併せもち、命のはかなさと子どもの脆《もろ》さ、母と娘のあいだの緊張を伝え、人はどこから来て、どこに向かうのかということを問いかける。

さらにわたしにはいつも、闘病生活の影も感じられた。

「はじめはインフルエンザだと思ったの」シェリーは言う。それは、彼女が奨学金を得てアート系の大学に通いはじめたばかりのころだった。両親がアメリカに旅行中だったので、講師に車で送られて家までたどり着いた。往診した医者の見たてでは、たいしたことはなく、とにかく眠って身体を休めるようにとのことだった。

けれどその夜、シェリーは、あまりの苦しさに目を覚ました。怖くなって大声で叫んだことを覚えている。「死にそう、助けて！」そして、ドアノブに手を伸ばした瞬間、目の前が真っ暗になった。

姉が駆けつけ、ドレッサーの下にもぐり込んでいる彼女を見つけた。部屋の反対側まで這っていったらしい。救急車が呼ばれたときには痙攣《けいれん》がひどく、ストレッチャーに縛りつけなくてはならないほどだった。

両親がアメリカから駆けつけたとき、彼女は昏睡状態で病院のベッドにいた。助かる確率は五分五分だった。

シェリーはそのときのことを何ひとつ覚えていない。かわりに、不思議な夢を見ていた。ドアノブに手を伸ばしたとき、どこからともなく歌声が聞こえてきた。その声が、暗い闇のなかに落ちていこうとしていた彼女を受けとめて、崖の上へと運んでくれた。草原のなかのトレーラーハウスまで運ばれていくと、空中にひと組の目が浮かんでいて、歌はそこから聞こえていた。シェリーは直感的に、その目が死んだ叔母のものだとわかった。叔母が助けてくれたのだ。

彼女にとっては一瞬の出来事だったが、目を覚ますと、そこは病院の隔離室だった。ベッドのまわりには両親と姉がいて、三日が経っていた。病名はインフルエンザではなく、細菌性髄膜炎だった。

まったくの健康体から、いきなり死の淵へと突き落とされるのは、どれほど恐ろしい経験だっただろう。世界が一変してしまったにちがいない。ところがシェリーはひざの上で手を組み、涼しい顔で言った。「そのあと、回復するのに一年かかったわ。大学には入り直さなくちゃならなかった。別の町でね」

話はそれでおしまいだった。え、それだけ？

「ちょっと待って。入院していたときのことを教えてもらえませんか。どれくらい入院していたかとか」

「そうね、一か月半だったかしら」彼女はこともなげに言う。

「入院生活で感じたことは？」

彼女は肩をすくめた。「はじめのうちは、身体を動かすのもつらかったわ。自分ひとりでは何もできなくて、母がつきっきりで世話をしてくれたの」

「それから？」

「それから、山のように薬をのまされたわ。感染性の病気だったから、病室に入ってくる人は、みんなマスクをつけていた。ずいぶんまえのことだから、よく覚えていないわ」

「歩けるようになるように、リハビリを受けたりしましたか？」

「いいえ、自然に回復しただけよ」

「家に帰ってからは？」

「どうだったかしら。テレビでも見てたんじゃないかな。大学にはまったく通えていなかったから、復学はできなかった。どちらにしても、同じ場所でやり直す気にはなれなかったから、もう半年待って、別の学校に入り直すことにしたの」

たぶん、わたしは病気に打ち勝った感動的なストーリーや、壮絶な闘病の話を期待していたのだろう。逆境を乗り越える彼女なりの方法論を。でも、そんなものはなかった。シェリーにとって、これは語るほどの物語ではなく、ただ空白の時間が過ぎていっただけのこと。彼女にできるのは、待つことだけだった。だからそうした。そして、この経験をやりすごし、淡々と前に進んでいった。

「だって、わたしじゃないもの、昏睡状態の娘をベッドサイドから見守るっていう経験をしたのは」

自分がどれほど死に近い場所にいたのかを理解し、死の淵からのよみがえりを実感するまで何年もかかった。とにかく半年待って、心機一転、新たに大学に入り直した。十八歳にして、彼女は、失うことがどれほど簡単かを知った。

わたしは少し拍子抜けしていた。たしかにすごい話だけど、教訓らしきものは何もない。つまりこういうことだ。冬とはただやりすごすもの。状況がよくなったら、その意味など考えずにただ忘れる。人生のその時期は脇に追いやられ、やがて忘却のかなたへ。人生はふたたび動きだし、もっと力強い思い出が作られる。

わたしは、台風の目をしっかり見てやろうと思っていたのに、そこにあったのは嵐のあとの静けさだけだった。

「当時のことは、あんまり覚えていないのよね」シェリーは言う。「ねえ、ひとついいかしら。あなたがわたしの病気のことを聞きたがっているのはよくわかる。でも、あなたから〝人生の冬〟というフレーズを聞いたとき、思い浮かんだことがあるの。わたしの両親がイギリスを離れたときのことよ。わたしにとってほんとうの冬は、そのときだった」

シェリーは、もうひとつの物語を語りはじめた。彼女が二十五歳のとき、両親がアメリカに移住することを決めた。その二年前には、姉もアメリカに渡っていた。

両親の決断はあまりにも唐突だった。それは、彼女にとっては、ずっと身近にあった支えの手をとつぜん失うことを意味していた。両親が向こうに行ってしまえば、話すことさえできなくなる。大西洋の向こうに電話をかける余裕はなかったし、時差の問題もある。いずれにしても、両親は自分たちの新しい生活のことで頭がいっぱいで、シェリーのことはまるで眼中になかった。

これは、死に別れるのと同じくらいつらい経験だった。両親が自分との別離を選んだことは、彼女を深く傷つけた。

けれど、そのつらさはまわりからは見えなかった。友人たちはそれほどたいしたことだとは思わなかった。べつに誰かが死んだわけではないのだ。かつては食べ物を噛むところまで助けてくれた両親が、彼女を置き去りにして遠くに行くことを選んだ。そのギャップがどれほどのものか、友人たちには理解できなかった。

シェリーは放りだされたような気持ちになった。当時いっしょに暮らしていた恋人との関係は破綻しかかっていた。彼女には逃げて帰れる家もなければ、当座をしのぐお金もない。やがて恋人と別れた彼女は、知り合いの家を転々として、ソファで眠った。こんなはずじゃなかったと思いながら。

それは耐えがたい経験だった。荒野に放りだされ、ふたつの世界の裂け目に落ちこんだような感覚。彼女の言うとおりだ。これこそ冬だ。

けれどもその虚無感が彼女に転機をもたらした。どん底のなかで、彼女は新しい取り組みをはじめた。孤児院から放出された子ども服を使ったアート・プロジェクトだ。はじめのうちは、自分の境遇とのつながりを意識していたわけではなかった。けれどしばらくすると、それを着ていた子どもたちと自分には共通点があると感じるようになる。

やがて彼女は、自分のことを天涯孤独の身の上だと語るようになった。自分を孤児だと感じることで、服の前の持ち主たちと一体化したのだ。それは目の前がぱっとひらけた瞬間だった。そのプロジェクトで、彼女の名は一躍世間に広まった。彼女のアートは、死の淵からよみがえったのちに、激しい孤独に苦しめられるという、厳しい冬のなかで生まれた。

孤児について、彼女はこんな話もした。孤児には面倒を見てくれる人はいない、自分で運命を切り拓かなくてはならない。この考えが、シェリーが世界と向きあうときのベースになり、自分が持っているものだけで勝負するきっかけになった。「わたしには逆境から立ち直る力があると思う。負けず嫌いなのよ」

けれど、この経験はシェリーを思いやり深い人間にもした。「人は誰でも外から見るだけではわからないわ」誰にでも、その人にしかわからない苦しみがある。ほかの人よりも隠すのがうまい人がいるだけだ。

わたしには、彼女の臨死体験が、あとの人生に深く影響しているように思える。あの体験があるから、いま目の前のことに全力で取り組もうと意識するようになったのだろう。いつ何が起きるかわからないのだから。その一方で、死は怖いものではなくなった。

シェリーは今年の夏、アメリカに行ってきたそうだ。お姉さんが昏睡状態の夫の生命維持装置を切る決断をしたので、そのサポートのために行ったのだという。

死ぬときにどんなふうに感じるのかを知っている自分は、姉の力になれる。それは大きな気づきだった。「彼は何が起きたのかまったくわからなかったはず。痛みや、怖れを感じることもなかったはずよ」そして、自分が夢で見たような至福のなかにいただろうと言う。

わたしが礼を言って、帰りじたくをしていると、彼女は来年の計画を話してくれた。

日本に旅行して、〝針供養〟に参加するのだそうだ。裁縫を生業《なりわい》にしている女性たちが、仕事道具である針に感謝を捧げる、年に一度の行事。折れた針を寺に持っていき、豆腐に刺して労をねぎらう。彼女のアーティスト人生は、何千、何万もの細かいステッチを針で刺していくことで成り立っている。だからぜひ参加したいのだと言う。

「いつも考えるの。布を繕おうとすると、針でいったん傷つけなくちゃいけない。何かを手に入れるには、犠牲がつきものなのよね」


変化は冬の代名詞だ。ケルト神話では、女神カリアッハが冬の数か月を支配する。冷たい風を吹かせ荒天をもたらし、ひと足ごとに地形を変える。籠から落とした岩がスコットランドの山々となり、手に持ったハンマーが谷を削る。彼女の杖が触れただけで、地面は凍る。

冷淡で不機嫌なカリアッハは、一方では、神々の母で、あらゆるものを創りだした存在だとされている。カリアッハの支配は、五月はじめのベルテイン祭まで続く。そのあとは女神ブリギッドが引き継ぎ、カリアッハは石に変わる。

いくつかの神話では、カリアッハとブリギッドはふたつの顔を持つ同じ女神で、夏には若さと活力の顔を、冬には熟練と知恵の顔を見せるのだと考えられている。

こうした言い伝えからもわかるように、カリアッハは人生が循環することを象徴している。冬のあいだに静かに力を蓄えることで、エネルギーに満ちた春は何度でも訪れることを教えてくれる。

現代人はこういう考えに慣れていない。わたしたちのイメージでは、人生は直線的に進んでいく。誕生から死までは一本道で、道の途中で蓄えていった力を、少しずつ手放していく。美や若さは徐々に失われていく。

けれどこの考えは間違っている。人生は曲がりくねった森の小道のようなもの。花が咲く季節もあれば、葉が落ちて枝が裸になる季節もある。けれど時間が経てば、新しい芽は必ず出てくる。

春から夏にかけて、落葉樹は光合成で得た栄養で生長する。やがて日が短くなって気温が下がってくると、木は栄養を作るのをやめる。葉のなかの葉緑素は分解され、緑の色素に隠れていたほかの色が現れてくる。黄色やオレンジ色、赤や茶色。木によって色素の割合はさまざまだ。秋になると木々はそれぞれに装いをこらす。しだいに葉は水を取りこめなくなり、からからに乾燥すると、雨風に打たれて自然に落ちていく。

葉は落ちても、翌春のための芽はすでにスタンバイしている。ほとんどの木が、真夏に芽をつける。秋に葉が落ちると、寒さを防ぐ固い鱗《うろこ》に包まれて姿を現すけれど、わたしたちはその存在に気づきもしない。葉を落とした木は、春の日差しが戻るまで死んだも同然だと思っている。

けれどもよく見ると、どの木にも例外なく芽がついている。鋭いかぎ爪みたいなブナの芽。動物のひづめのような黒いトネリコの芽。また、動物の尻尾のような花をつけている木もある。

ハシバミは、鮮やかな緑色をした羊の尻尾のような花をぶら下げ、柳は小さなグレーの毛で覆われたつぼみをつけている。

木々は、準備万端整えて、春が来るのを待っている。落ち葉は森の地面を覆い、根は冬の水分を吸いあげて地中深く張り、春の嵐に備える。松ぼっくりや木の実は、ネズミやリスが冬を生き抜く糧となる。樹皮は虫たちが冬を越す寝床となり、腹ぺこのシカには貴重な栄養源になる。

冬の木は死んでなどいない。それどころか、森の生命と魂そのものだ。木は淡々と日々の営みを続け、春になっても浮かれたりしない。ただ、新しい上着を身に着けて、ふたたび世界と向きあうだけだ。

冬の厳しさが、ふだんは目に留まらない色を浮かび上がらせることもある。

いつか、凍てついた平原を歩くキツネを見たことがある。その毛皮は暗闇のなかで赤く光って見えた。葉を落とした冬の森を歩いているいまも、鮮やかな赤茶色がそこかしこに目につく。深い光沢のあるワラビの葉は、乾いた葉先がねじれてまるでレースのよう。キイチゴの枝に残った赤い葉や、スイカズラのつややかな実や、オレンジ色のローズヒップの房も見える。ヒイラギは、クリスマス・シーズンになれば枝ごとごっそり持っていかれるだろう。鮮やかな黄色のハリエニシダは、ヒースの丘で春まで咲き続ける。

堂々とそびえる常緑樹も、誰にも注目されない足元の雑草もある。生命の営みは冬のあいだも豊かに続いている。そして、未来に向けての変化が静かに起こっている。

いま、わたしは病院に来ている。長い廊下は鏡のように磨きあげられ、消毒液のにおいが漂っている。そんな雰囲気に圧倒されて、わたしたちは、ふだんとちがう従順で、受け身で、無力な存在になる。ふつうならぜったいに認めないような上下関係を、いともたやすく受け入れる。そして病院が突きつけるさまざまな要求に応える。文句を言わずに、おとなしく、言われたとおりに。

この数週間、わたしもいろんな要求を受け入れてきた。腹痛の原因を見つけるというミッションのもと、絶食をして、尋常でない量の下剤をのみ、痛みをともなう恥ずかしい検査に耐えた。最悪のことを覚悟しておくようにとほのめかされもした。わたしはどちらを怖れているのだろう。命にかかわるような病気が見つかること？　それとも、どこも悪くないとわかり、恥だけかいてすごすごと帰ること？

ついに検査結果を聞かされるときが来た。部屋に入ると、疲れた表情の看護師が説明してくれる。消化器がかなり弱っていますね。健康にまったく気を配ってこなかった七十歳の老人並みですよ。胃炎に腸炎、痙攣もあって、栄養がうまく吸収できていないようです。

この診断をどう受けとめたらいいのだろう。怖れていたようなことはなかったけれど、これまでどおりの生活ではいられない。放っておいてよくなるというものではないし、いつまた痛みがひどくなるかわからない。日常生活の管理や、定期的な検査が必要になるかもしれない。

わたしは思わず反論していた。「でも、わたし食べるものにはすごく気を遣っているんです。きちんと料理をしているし、水だって一日何リットルも飲んでます」

けれど、夜に飲むマティーニのことも、会議の最中や、家に帰る車のなかで、よく学食のテイクアウトをかき込んで食事をすませていたことも黙っておいた。でも、もうそんな生活からは卒業した。何をしていたとしても、崖っぷちから引き返してきたことを祝福されてもいいはずだ。

わたしは食事療法士のところにやられ、食事に関する新しいルールを聞かされた。まず一週間は、炭水化物中心の食生活にして、食物繊維の多いものは避けるようにと言われ、わたしはしぶしぶ受け入れる。炭水化物なんて冗談でしょ、レンズ豆やケールを食べずに過ごすなんて考えられない、というふりをして。

「とにかく、一週間だけです」療法士は言った。「永遠というわけじゃありません」

たしかに永遠じゃなかった。効果はあっという間にあらわれた。しかも、まったく無理をせずに。

わたしは三日間、これまでの常識と相容れない食事をとり続けた。卵チャーハン、バターをからめたスパゲティ、マーマイトを塗った白パンのトーストに、ベーコンサンドイッチ。罪悪感を覚えるようなメニューだが、ここ数か月ないほど体調がよくなった。痛みは消え、食べたものはきちんと消化され、身体に活力が戻ってきた。不思議な感動を覚えるほどだった。

こうしてわたしは、思っていたよりずっと早く、不調から脱却した。少しばかりの擦り傷と、少しばかりの空腹を抱え、たくさんの知恵を身につけて。

わたしには欠陥がある。制限つきで暮らさなければならない。変わらなくてはならない。けれども、変化の効果を知ったいまでは、それもなんでもないことに思える。

なんだか、わたしも葉を落としたみたい。若いころと同じようになんでもできるという思い込みを手放した。どれだけ無理をしてもすぐに回復できたあのころとはもうちがうのだ。

冬はわたしに、エネルギーをもっと気をつけて使い、春が来るまでしばらく休むようにと告げている。

眠り

冬は冬眠していればいい、眠れなければ寝ずにいればいい。
ひとり静かに自分と向きあい、昼の物語を修復するときになる。

冬の一日を大自然のなかで過ごすのは大好きだ。それでも、わたしが外にいるのは日が暮れるまで。

十一月になると、夕方以降は家から一歩も出たくなくなる。外を出歩いてもいいことはひとつもない。大通りを歩いても、街灯とショーウインドーだけが虚しく輝き、コートの袖から冷気が忍びこんでくるばかり。夕方四時にはあたりが閑散としてくるのも、日差しが足りず空気がずっと湿っぽいのも気が滅入る。

ヨガのクラスにはしばらく行っていないし、飲み会などにわざわざ出かけようとも思わない。車の運転なんて論外だ。視界が悪くて、路肩がどこかもわからない。ハイビームとロービームをせわしなく切り替えることを考えただけでも疲れる。家にいるのがいちばんだ。

家にいるのは嫌いじゃない。ずっと家にいると、自由を奪われたように感じる人も少なくないが、わたしはまったく気にならない。冬は家で楽しめることがたくさんある。ランプの明かりの下で過ごすのも、庭に出て、澄んだ空にまたたく星を眺めるのもいい。

ぱちぱち音を立てる薪ストーブ。炭のにおい。カップを温めていれるビターテイストのココア。骨から出汁をとって、肉だんごを浮かべたシチュー。静かな読書。映画を観て過ごす夕暮れ。分厚いソックス。暖かいカーディガン。すべてわたしのお気に入りだ。

わたしの睡眠時間は、夏はだいたい六時間から七時間くらい。それが冬には九時間近くなる。日が沈むと、もうベッドに入ることを考えはじめる。早寝の習慣は、母方の家系から受け継いだものだ。全員が夜に弱く、かといって早起きでもない。要するに、ただ寝るのが好きなのだ。

わたしの睡眠とのつきあい方は、これまでさまざまに変化してきた。子どものころは眠るのが大好きで、祖父母と同じ時間にベッドに入っていた。少し大きくなると、早く寝るのはつまらないと感じるようになった。大人になると、睡眠欲を不便に思うようになった。五時間の睡眠で満足できれば、もっといろんなことができるのに。

けれど、子どもが生まれて睡眠時間が一気に短くなると、その考えは変わった。少しくらい寝なくても平気だという人もいるけれど、わたしはちがう。いまは、九時間たっぷり眠ったあとのほうが、睡眠時間を削って作った時間よりも、はるかにたくさんのことをできると知っている。

わたしにとって睡眠は必需品であり、ぜいたく品でもあり、嗜好品でもある。わたしがふたり目の子どもを持たないと決めたのは、ひとえに睡眠欲が強すぎるせいだ。

冬の眠りは最高だ。分厚い羽毛布団にくるまれば、部屋は少し寒いくらいのほうがいい。暑苦しくてなかなか寝つけない夏とちがって、ひんやりした空気が深い眠りに誘ってくれる。冬は外の世界と距離をおき、家にこもっていることが許される季節。ゆっくり休息して、元気を取りもどすときだ。

ところが最近、そんな幸せな眠りに邪魔が入るようになった。夜中に暗闇のなかで目が覚めて、眠れなくなるのだ。時刻はきまって午前三時。わたしはそれを〝魔の刻〟と名づけた。深夜というには遅すぎるし、起きだすには早すぎる。それでこうして横になったまま、暗闇のなかで悶々としている。

今夜は、悪い夢から飛び起きた。伝説の生け贄《いけにえ》用の檻のなかに閉じ込められて、火をつけられようとしている夢。あまりにおぞましく、荒唐無稽で笑ってしまう。ばかばかしい、こんなのはただの夢だ、そう思いながらも眠れない。心臓は早鐘を打ち、喉はからから。こんな陳腐な夢に、身体はリアルに反応している。わたしは恐怖に身を固くして闇を見つめる。

寝返りをうち、枕をふくらませて、ベッドサイドのボトルから水を飲む。夜明けまではまだずいぶん時間がある。眠れない夜のあいだ、わたしはずっと不安にさいなまれている。何がそんなに心配だというのか。お金だろうか、死ぬことだろうか、失敗だろうか。それとも、厄災を告げにくるという黙示録の四騎士だろうか。夜のただなかにあってわたしは、わが家が崖っぷちでぐらぐら傾いて、岩の上に落ちそうになるところまで想像している。

でもじっさい、わたしは破滅と紙一重のところにいる。借金が山ほどあるのに、持っているものは何もない。この地球に四十年間生きてきて、ほこりっぽい本の山以外には何ひとつ残せていない。それどころか、さらに奈落に近づこうとしている。安定した仕事を手放して、生活の基盤を危うくしようとしている。

太陽の下でなら、理由はいくらでも説明できる。辞めるしかないほどのストレスフルな仕事のことや、これ以上家族との暮らしを犠牲にしたくないと思っていることも。

けれど、心の安定だの自由だのと言っていられるのは昼間だけ。夜の闇のなかでは、保守的な考えが頭をもたげてくる。年収分の預金すらないことも、生命保険に入っていないことも、不安でしかたがない。どこでどう間違えてしまったのか。この先どうなってしまうのか。わたしはだめな人間だ。人生の落伍者だ。

午前四時。わたしの自尊心はマッチのように青く、はかなく燃え上がる。こういうときにひとりでいられるのはありがたい。おかげで、最悪のときの自分を人目にさらさずにすむ。冬のもたらす孤独な夜に感謝しなくては。

また寝返りをうち、ベッドカバーをかけ直して、水をごくごく飲む。寝るまえに飲んだ二杯のウイスキーが、こめかみで存在を主張している。ああ、またやってしまった。わかっていたはずなのに。アルコールは、やさしく手をとって眠りの国へ導いてくれるけれど、夜明けまえには一転して、眠ろうとするわたしの邪魔をする。

羽毛布団の下で、心臓が鼓動を打ち、呼吸が妙に浅くなる。もう寝るのはあきらめた。がんばっても無駄だ。わたしはベッドの端にすわり、冷たい足でスリッパをさがす。目をこすり、眼鏡を手さぐりする。

そして、階段をそっと下りて書斎に向かう。

ヘーゼル・ライアンは、木箱を開けて、おがくずと藁のなかを手さぐりする。

「ほら、ここにいるわ」手を差しいれて、くるみほどの大きさの黄色っぽい毛のかたまりを取りだす。冬眠中のヤマネだ。ピンク色の小さな足をお腹の下に縮めて、身体を丸め、耳はうしろに倒して、先の黒い尻尾を全身にくるりと巻きつけている。

ヘーゼルがわたしの手のひらに載せると、ヤマネはビー玉のように転がる。空気のように軽くて、びっくりするほど冷たい。それでいて柔らかく、少しばかりぐにゃっとしている。死んでいるのではない。夏までぐっすり眠っている。

イギリスにもともと住んでいる哺乳類で冬眠するのは、コウモリ、ハリネズミ、ヤマネの三種類だけ。カエルやアナグマといったほかの生き物は、寒い日には体温を下げ、呼吸と心拍数を落とす。そうやって少しのあいだ休眠状態になり、エネルギーを節約する。

一方、ほんとうの冬眠とは、外の気温や食料の有無とは関係なく、休眠状態が一定期間続くもので、もっとずっと稀だ。

ヤマネはきちんとしたスケジュールに従って冬眠するわけではなく、眠りに入る時期は天候に左右される。秋のはじめに、ヤマネは液状の褐色脂肪を蓄える。ぐにゃっとした手触りはそのためだ。皮膚のすぐ下に脂肪の層があり、長い冬ごもりのあいだのエネルギー源として使われる。

九月になると、ヤマネは、ブラックベリーやヘーゼルナッツ、栗といった生け垣の実りをせっせと食べて、十五グラムから二十グラムほどだった体重を、四十グラムにまで増やす。一日に一グラム増やす計算だが、時間との勝負だ。食料がたくさん手に入るときには丸々太って冬眠に入れるが、食料が乏しければ、じゅうぶんな脂肪を蓄えられるまでその時期を遅らせる。それでも、初霜がおりるまでには準備を整えなければならない。ヤマネは小さい身体のわりに表面積が大きくて、体温を失いやすい。

たっぷり脂肪を身に着けると動きが鈍くなり、冬眠までの数日間で、苔や樹皮や落ち葉を球状に固めた巣を作る。ふだんは木の上で暮らしているけれど、冬眠するときは、気温の変化が少ない木の根に近い地面のくぼみに巣を作る。そこには雨や朝露が集まりやすく、巣は冬のあいだじゅう湿っている。人間の感覚では快適とは言いがたいが、これはヤマネにとって大切な条件だ。身体がとても小さいので、外から湿気を取りいれなければ、長い冬眠のあいだに干からびてしまうのだ。

理想の場所が見つかると、巣のなかにもぐり込んで入り口を閉じる。入り口が見つからなければ、なかにヤマネがいる証拠だとヘーゼルは言う。たいていは一匹ずつ冬眠するが、無線発信機を使った最近の研究では、巣を共有するケースも確認されている。冬眠に適当な場所が少ないときは、しかたなくいっしょの巣で眠るようだ。

巣のなかに落ち着くと、ヤマネは体温を周囲の気温と同じになるまで下げる。たいていは五度かそれ以下。効率よく冬眠するには、体温を氷点下のちょっと手前まで下げる必要がある。六度以上になると、代謝が上がって脂肪が燃焼しはじめてしまうし、氷点下まで下がると、今度は凍えないように脂肪を燃やさなければならない。

適切な体温が保たれれば、十月から五月まで冬眠する。代謝を落とし、呼吸を遅くして、餌になる虫が豊富になる夏を待つ。冬眠から覚めても、雨が続いて食べ物が不足したり、好みの作物のない時期には、また休眠状態になる。ヤマネは、年間を通して、目覚めているよりも眠っている時間のほうが長い。

わたしは冬眠というと途切れなくずっと眠っているものだと思っていた。けれどヘーゼルによると、ヤマネは十日ごとに目を覚ますのだそうだ。巣のなかにいたまま、ほんの短い時間、代謝を通常のスピードに戻す。これは、腎臓から毒素を排出するためと、巣の安全を確かめるためだと考えられている。

ヘーゼルは、ケント州の森林トラストの最高保護責任者だ。冬眠のための脂肪をうまく蓄えられなかったヤマネを保護している。たいていは、親を亡くしたり、時期はずれに生まれてきたりした子どもたちだ。なかには冬眠中に誤って巣から掘り出されたものもいる。彼らは冬を乗り切れない心配があるため、居心地のいい寝床から定期的に引きはがされて、体重を量られる。わたしがいま立ち会っているのはその現場だ。手伝っていると言いたいところだけれど、じっさいはそばで騒いでヤマネの安眠を邪魔しているだけ。

ヤマネほどかわいいものはそうはない。小さくて柔らかくて眠そうで、保護本能をくすぐる要素が詰まっている。

そしてじっさいにとてもか弱い。ヨーロッパヤマネの個体数は減り続けていて、いまでは絶滅の危機に瀕している。環境の変化がヤマネを生きにくくしている。気候は変わり、住まいとなる生け垣や森は姿を消し、食料は失われつつある。工業化された世界で生き残るには、弱すぎるのかもしれない。

でも、いまはまだ、ヤマネはお気楽な寝坊助の象徴だ。将来のことなどまるで気にせず、うとうとしながら冬をやりすごしている。

朝の四時、書斎に下りて活動をはじめる。こんな真夜中に起きるなんてどうかしていると思ったけれど、熱い紅茶をいれて机に向かうと、わたしにはこれが必要だったのだとわかった。ベッドから起きたいま、さっきまでの雑念は、スノードームの雪のように静まり、頭のなかはすっきりしている。

机の上を片づけて、電気スタンドを点ける。マッチを取ってきて、ろうそくにも火をつける。

スタンドの明かりは安定して揺るぎなく、ろうそくの明かりは不安定に揺れている。対照的なふたつの明かりの下でノートを開く。結局わたしは、安定と不安定のあいだにいるのが好きなのだ。安定には成長の余地がない。不安定は痛みをともなう。そのあいだを行ったり来たりするのがわたしには合っている。

夜とも朝ともつかないこの時間が好きになってきている。家族の寝静まった家のなかで、心ゆくまでひとりの時間を楽しめる。一日二十四時間のなかで、このときだけは誰にも邪魔されない。メールもメッセージも来ないし、SNSのタイムラインも静かなものだ。

四六時中、人とのつながりを強要される世の中で、このひとときは貴重だ。猫たちでさえ、餌をねだるには早すぎるとわかっていて、わたしがそばを通っても、ぴくりと耳を動かすだけで、またすぐに丸くなる。

この時間にできることはそれほど多くない。わたしはもっぱら読書を楽しんでいる。お気に入りの椅子の横に積みあげた本のなかから、気ままに選ぶ。そこにあるのは、最初から最後までしっかり読むというよりも、ちょっとした知識を得るための軽い読み物ばかり。あちこちページを拾い読みしたり、索引を見て気になるページに目を通したり。

日中の義務から解放されて、心のおもむくままにページを繰るのはほんとうに楽しい。これは逃避のための読書ではない。わたしはすでに休養中だから。偶然見つけたこの余白の時間を好きに使って、気まぐれにあちこちつまみ読みしてもいいし、好きな一冊に没頭してもいい。

〝見られていないがごとく踊れ〟という言葉があるけれど、読書にも同じことが言えると思う。

夜明けまえの時間は、書くことにも向いている。紙の上をペンが走ったり止まったりしながら文字をしるし、ノートをどんどん埋めていく。ときに、書くことは考えることとの競争になる。頭のなかから言葉があふれて、書いても書いても追いつかない。

ほかに気を散らすようなものはなく、脳がまだ眠りから完全に醒めていないこの時間、さっきまで見ていた夢は、もうひとつの現実のようにまだリアルにそこにある。なにより、分別のある昼間のわたしはまだ眠っている。それがいちいち口をはさんでこないので、自由に発想を広げることができる。

パソコンを使って書くこともある。モニターの明るさを最低まで落とすと集中力が高まって、指先から次々と言葉が紡ぎだされる。まるで、書きたいことが脳を通さず、そのまま指先に伝わっていくみたいに。

この時間が、なくてはならないものに感じられるのは、近年になるまで、それは当たりまえにあった時間だからかもしれない。

歴史学者のロジャー・イーカーチは、『失われた夜の歴史』のなかで、産業革命以前の睡眠は、ふたつの時間に分かれていたと言っている。夜から深夜にかけての〝第一の眠り〟と、未明から夜明けにかけての〝第二の眠り〟。この眠りのあいだには、〝寝ずの時間〟と呼ばれる時間が一時間ほどあった。

人々はその時間で用を足したり、煙草を吸ったり、ときには隣人を訪ねることもあったという。さらには、性交をしたり、祈ったり、見た夢のことを考えたりもした。これは心と身体を癒やし、自分を振りかえるための大切な時間だった。暗闇のなかで、家族や恋人たちは、忙しい昼間にはなかなかできない親密で深い会話を交わすこともできた。

これが、夜がほんとうに暗かった時代のやり方だった。貧しい人たちは、ろうそく代を節約するために暗くなるとすぐにベッドに入ったし、裕福な人たちにしても、限られた明かりの下で仕事を続けるか、寝るかのどちらかしかない。街灯が一般的ではなかった当時、夜を外で過ごすという選択肢はなかった。

けれど、この深夜の時間のことは、ほとんど記録に残っていない。あまりにも日常的で、しかもプライベートなものだったからだろう。イーカーチは、日記や手紙や小説から、この第一と第二の眠りに触れたわずかな記載を集めているが、この古い習慣はいまだ謎に包まれている。

一九九六年、トマス・ヴェーアが率いる研究チームが、文明以前の冬の睡眠を再現する実験を行った。毎晩十四時間を人工光なしで過ごすと、人の睡眠パターンがどうなるかを観察したのだ。

数週間後、被験者たちの睡眠は特定のパターンをとるようになった。まず、ベッドのなかで目覚めたまま二時間を過ごし、そのあと四時間の眠りにつく。そして夜中に目を覚まし、ゆったりとくつろいだ二、三時間を過ごしたあと、また四時間眠って朝を迎える。

特筆すべきは、夜中に起きているあいだ、被験者たちはいっさい不安を感じなかったことだ。とても穏やかな気分で、血液検査では、母親に母乳の生産をうながすホルモン、プロラクチンの分泌レベルが上昇したことがわかった。どうやら寝ずの時間には、このホルモンの分泌を促す作用があるようだ。ヴェーアは、瞑想をしているときと同じような意識の変化が起きているのではないかと指摘している。

覚醒と睡眠のはざまで、先人たちはわたしたちの知らない心の状態を経験していたのだろう。そして、生活から人工の光を追放しないかぎり、わたしたちはそんな穏やかな境地に至ることはできないのだろう。

そう考えると、わたしの不眠の原因は、将来に対する不安だけではないと思えてくる。二十一世紀の現代、わたしたちのまわりには人工の光があふれている。照明器具の明かりだけではなく、いつの間にか数を増した電子機器が、あちこちで明るい光を放ち、点滅して、存在を主張している。光は、わたしたちの生活に、やるべきことや知るべきことを引っ提げて、忍びこんでくる侵入者のようだ。

たとえば携帯電話。カウンターに置いておいても、しょっちゅう光ったり震えたりして、メッセージの着信や、アップデート、思いだしたくない予定まで知らせてくる。

そして目覚まし時計。わたしは、明るすぎない目覚まし時計を長年さがし続けてきた。でも、もうあきらめた。ＬＥＤのデジタル時計は、緑の光がまぶしすぎて眠れない。昔ながらのアナログ時計は、蛍光塗料が暗すぎて時間が読めない。ボタンを押すとライトがつくタイプの時計は、時間を確認するたびにブルーの残像が亡霊のようにまぶたに貼りつく。

それに加えて、テレビの電源ランプが、闇のなかでひと晩じゅう赤い光を放っている(じつは、わたしにはクイズ番組を見ながら寝てしまうという悪い癖がある)。おまけに、わが家の裏の住人は、投光器で庭を照らさないと気がすまないらしい。

光からはどうやっても逃れられない。わたしの町では、オレンジ色の古いナトリウム灯の街灯が、新しいLEDのものに徐々に切り替えられている。闇に潜む恐怖はひとまず追いはらわれるけれど、住民たちからは眠れないと不評だ。遮光性のブラインドや二重のカーテンを通り抜けて、光は家のなかまで侵入してくる。

わたしたちに、もうじゅうぶんな夜は残されていない。暗闇を生きるための本能も、夢と現《うつつ》をたゆたいながら過ごすひとときも、失ってしまった。個人的な冬は、不眠をともなうことがよくあるけれど、それは知らず知らずのうちにその人が安らぎを求めているからかもしれない。かつては誰もが過ごしていた、闇と親しみ、自分と対話する時間を、恋しがっているのかも。眠りは無為な時間ではない。異なる意識状態への入り口だ。そこで、人はより深く自分を見つめ、心と身体を癒やし、常識から離れ、思いがけない気づきを得る。

個人的な冬を過ごすとき、人は特別な眠りへと招き入れられる。それは、アプリで測定してきっちりグラフ化されるたぐいの眠りではない。もっと穏やかな修復のプロセスだ。目覚めているときの思考が夢と混じりあい、夜のいちばん深い時間に、ひとつのスペースが作られる。その場所で、損なわれた昼間の物語が修復される。

人はこうやって人生の困難に対処してきた。それなのに、わたしたちは生まれ持ったこのスキルを手放そうとしている。わたしは、眠れない夜を〝寝ずの時間〟に変えることで、恐怖から解放された。思いがけず手にしたその時間は、自分とじっくり向きあえるかけがえのない時になった。

人生にもそんな時間が用意されている。そこへと至る扉は、いまわたしの目の前にある。冬はわたしたちに、無意識の避難場所を用意してくれる。それなのに、人はそれを拒んだりする。寒い季節は、それを受け入れることを学ぶためにあるのかもしれない。

十二月

光

〝冬季うつ病〟のグラニアという女性が光の効果について説く。ナポリ民謡だったサンタ・ルチアのなか、灯火に心がないでいく。

「夫は〝終末への準備〟なんて呼ぶわ」グラニア・オブライエンは言う。「でも、準備しておかなくちゃ、一日じゅう羽毛布団にくるまっていなくちゃならないでしょ」

わたしはいまでは、人生の冬をそれほど悪いものだとは考えていない。でも、多くの人がそれを重荷に感じることはわかる。厳しい寒さを避けて、引きこもらざるを得ないことも。一部の人にとって、冬はさらに悲惨な季節だ。

グラニアは、季節性情動障害（SAD）を患っている。日照時間が短くなると起きるうつ病の一種で、〝冬季うつ〟とも呼ばれる。症状は、悲しみ、絶望感、倦怠感、過眠、不安、集中力の低下、免疫機能の低下など。特徴的なのが過食で、とくに炭水化物に対する欲求が強くなり、冬のあいだに体重が増えてしまう。つらい症状から逃れるために、アルコールやドラッグに手を出す人も少なくない。

「もともとは、楽天的で陽気な性格なのよ」グラニアは言う。「でも、日が短くなってくると、いらいらして、気分の浮き沈みが激しくなる。集中力がなくなって、物事を冷静に判断できないの。放っておいたら、冬じゅうずっと炭水化物ばかり食べることになってしまって。だから、そろそろだなと思ったら、まともな食べ物を買いこんで冷凍庫にストックしておくの。そうすれば、ケーキやポテトチップスでお腹をいっぱいにしなくてすむでしょう」

「原因は寒さじゃなくて、暗さなんですね？」わたしは尋ねる。

「ええ、そう。日差しがあればいいんだけど、冬だとすっきり晴れる日なんてほとんどないし、晴れたとしても、すぐに日が暮れるでしょ。朝六時に目覚まし時計が鳴ったときにはまだ真っ暗で、起き上がるなんてとても無理。冬眠できたらどれだけいいかと思うわ」

ようやく起きても、夕方四時にはまたベッドに戻ってしまうのだという。どうやら、何か得体のしれない大きな力が脳に指令を出して、彼女を機能停止にしてしまうようだ。

こんなふうになったのは、大人になってから、と彼女は言う。子どものころから冬は苦手だったけれど、暗い季節でもがんばって仕事や家事をしなければならなくなったころから、とくに影響がひどくなったと言う。

SADの原因は、はっきりとはわかっていない。ひとつの仮説は、季節の変化で体内時計のリズムが狂うからというもの。別の仮説は、昼間浴びる光が減ると、セロトニンの分泌が減少するからというもの。セロトニンの減少はうつ症状を引き起こすと言われている。原因がどうであれ、SADは、イギリスのように、季節によって日照時間が大きく変わる国でよく見られる。

光のようにつかみどころのないものが、わたしたちの気分や健康にそれほど大きな影響を与えるなんてちょっと不思議だ。でも、よく考えると、自然界には日照量に強く影響されるものはたくさんある。ヤマネもそうだし、落葉樹もそうだ。

人工の光ならそこらじゅうにあふれているけれど、わたしたちは太陽の光からますます遠ざかっている。人間の身体は太陽光を浴びることを前提に、進化してきたというのに。

夏になると、エアコンの効いたオフィスで働き、日焼け止めを塗る。そうやって太陽光をブロックして、肌の老化や日焼け、皮膚がんから身を守る。冬には、ますます外に出なくなる。車に乗りこみ、屋内のショッピングモールで買い物をし、ジムで運動をして、少しでも厳しい天候を避けようとする。

けれど、太陽光は、ビタミンDの合成に大きな役割を果たしている。ビタミンDは、食べ物やサプリメントでも補うことができるとはいえ、イギリスでは冬のあいだ、体内でビタミンDを生成できるほどの紫外線B波を浴びることはむずかしい。冬だけでなく、夏にもじゅうぶん太陽を浴びていない人が多い。すでに子どもたちに影響が出はじめている。

二〇一〇年一月に、イギリス医学会会報に発表された、サイモン・ピアース教授とティム・チーサム博士による臨床レビュー論文によると、子どもたちにくる病が復活しつつあるらしい。骨がもろくなり、変形することもある病気だ。

これは、現代社会を生きるうえでの新しいジレンマだ。わたしたちは、子どもが日光を浴びすぎないように注意を払いながら、不足しないようにも気をつけなくてはならない。

世の中に情報があふれかえるいま、絶妙なバランスをとりつつ取り組まなければならない課題のなんと多いことか。カロリーを取りすぎていないか、バランスのとれた食事をしているか、運動量は足りているか。そのうえに、日光を適切に浴びるよう気をつけなくてはいけないなんて。いくらなんでも荷が重すぎる。

ビタミンDのサプリメントが、冬季うつをやわらげるとも言われているが、じゅうぶんな裏づけはない。一方、キャスリン・A・ロックラインとケリー・J・ローハンによる二〇〇五年の研究では、光療法が患者の五十パーセント以上に効果があり、抗うつ薬と組み合わせればさらにその確率が上がることがわかっている。人工光を正しく使えば、ビタミンDの合成が促されるのは確かなようだ。

どうやら、ビタミンDを摂取するだけではじゅうぶんではなく、光を浴びるというプロセスが大切らしい。

グラニアは、冬季うつとのつき合い方を説明しながら、家のなかを見せてくれる。あちこちに照明があり、明るい光を放っている。

まずは寝室に案内される。彼女はここで毎朝、朝日と同じ働きをする目覚まし時計で目を覚ます。はじめはほのかな光で、徐々に日中の日差しと同じくらいまで明るくなる。これを使えば、朝の六時に暗がりのなかでのたうつことなく、気持ちよく目覚められるのだそうだ。

家じゅうの電球は、すべて明るいものに変えて、常に点けっぱなしにしてある。昼食は散歩を兼ねて外に出かけるなどして、なるべくたくさんの時間を外で過ごすようにしているそうだ。

わたしがいちばん興味を引かれたのは、書斎のデスクの横に置かれた長方形の器具だ。一見、iPadのように見えるが、スイッチを入れるとまぶしい光を放つ。真夏の強烈な日差しと同じ、一万ルクスの明るさがあるそうだ。彼女はパソコンの前にすわって、使ってみせてくれる。といっても、何が起きるわけでもない。天窓からの明かりと、照明とでじゅうぶん明るい部屋に、さらにまぶしい光が加わるだけだ。

けれど、グラニアにとって効果は絶大だ。真珠のようにつややかな光が、彼女の横顔を照らす。ちょうどいい周波数の光を、ちょうどいい強さで浴びた彼女の顔に、笑みがゆっくりと広がっていく。

今宵は一年の真夜中、そして一日の真夜中
聖ルチアの日、太陽が顔を見せるのはわずか七時間
　太陽は力尽き、その火床からは
わずかな火花が放たれるのみ、陽光はない
　　世界の樹液は尽きはてた
そのかぐわしい飲み物を地球は飲みほし

寝台の脚を伝うようにして生命は退いた
だが、埋葬された死者さえ笑っているように見える
彼らの墓碑であるわたしに比べると

ジョン・ダンの詩『聖ルーシーの日の夜想曲』(ルーシー＝ルチア)は、季節症の人が読むのにふさわしい一編だろう。亡き人への思いを綴った悲嘆にくれる愛の詩は、冬の憂鬱《ゆううつ》と響きあうところがある。この詩は、妻が十二人目の子どもを生んだあとに亡くなったときに書かれたと考えられている。絶望に打ちひしがれた語り手は、自分を抜け殻だと感じ、喪失感から立ち直れずにいる。

一方で、これは親密な愛の詩でもある。彼は〝その日の真夜中〟に、亡き妻との霊的な交流を果たす。

洪水のように
わたしたちは涙を流したものだ。そして
全世界であるわたしたち自身を溺れさせ、しばしば

ふたりはふたつのカオスになった。そして、
互いに夢中になった。不在の相手に焦がれては
魂は身体を離れ、
わたしたちは屍《しかばね》になった

この詩の全編を貫くのは、愛は変化の源《みなもと》という思想だ。愛は〝無から貴重な元素を生みだす〟ものだと語っている。けれど、死が訪れると、変化の力は逆の方向に働く。そして語り手は〝不在と闇と死、すなわち無〟の状態に引きもどされ、置き去りにされる。

けれど、どういうわけか、この途方もない暗闇のなかに、楽観的な考え方のヒントも見つかる。愛にはとてつもない力があり、そのため愛が終わる痛みにも価値があると思えるのだ。

ここで、聖ルチアの日が選ばれていることには大きな意味がある。この聖人の祝日は、現在、北欧では、十二月十三日に祝うことが多いが、ジョン・ダンの時代は冬至の日に祝っていた。一年で最も昼間が短い日であり、一連のクリスマス行事がはじまる日でもある。

当時もいまも、悲しみは、かつては楽しかった時期にいっそう際立つものだ。喪に服す人たちが、最も孤独を感じるのはこの時期だろう。

聖ルチアその人にも、象徴的な重みがある。彼女は紀元三世紀の殉教者で、名前はラテン語

の〝光（ルクス）〟に由来している。ローマ帝国でキリスト教徒に対する弾圧、いわゆる〝大迫害〟があった時代、彼女は地下墓地《カタコンベ》に身を隠していた人々に食事を運んでいた。暗いなかで務めを果たせるよう、ろうそくをつけた冠をかぶっていたという。

北欧の教会では一年に一度、この場面が再現されている。聖ルチア祭の礼拝で、若い女性が白いガウンと赤いサッシュ、ろうそくのついた冠を着けて、子どもや女性たちを先導するのだ。

聖ルチアにはもっと暗い物語もある。三世紀、ルチアはシチリア島出身の若い女性だった。異教徒の貴族に求婚された彼女は、貞操を守るため、自分は神に仕える身だと言って断った。求婚者は、彼女がキリスト教徒であることをローマの役人に密告し、役人は、信仰を捨てなければ売春宿に送ると彼女を脅した。

ルチアがなおも拒否するので、役人たちは売春宿に連れていこうとしたが、彼女の身体はどうやっても動かない。雄牛の一群まで駆りだされたが、一インチも動かせない。ついに役人たちは、彼女のまわりに薪を積みあげて、火を放った。信仰を誓う声は、炎のなかからも響き続けた。ひとりの兵士が喉に槍を突きたてたが、声はやまなかったという。

別のバージョンでは、彼女は目をえぐり出されたことになっている。

ルチアは絶対的な信仰と純潔の象徴だ。ジョン・ダンの詩では、愛のために犠牲を払った女性を象徴している。でも、それだけではない。彼女は、どれだけ深い闇にも、必ず小さな光があることをも象徴している。

ロンドンのメリルボーンにあるスウェーデン国教会は、家族連れでにぎわっていた。子どもたちはひと口サイズのサンドイッチを食べたり、会衆席のベンチに立ち上がって背伸びをしたりしている。幼児は、両親のひざの上で落ちつきなく身をくねらせ、祖父や父に抱かれた赤ん坊は、祖母や叔母に手を伸ばしている。ろうそくが電池で光る冠をかぶった子もいる。わたしの隣にいる子どもは、冠からろうそくを抜きとっては床に落としていた。

今日の教会は子どもたちが主役。魔法が起きる瞬間を待ちかねて、じっとしていられないようだ。スウェーデン出身の会衆は、そんな子どもらをやさしく見守りながら、通路越しにおしゃべりをしたり、故郷に送る写真を自撮りしたりしている。

クリスマスを少し先に控えた土曜日の午後、わたしはなじみのない教会にすわっている。ここにいられることにほっとしながら。とにかく何かやること、どこか行くところがあってよかった。きのう、わたしは五年間働いた大学のオフィスを片づけた。

わたしの大学講師生活は終わった。本棚ふたつ分の本を箱に詰める。ほとんどが学術書で、二度と読みかえすことはないだろう。ふつうなら、〝ご自由にどうぞ〟と貼り紙でもして、廊下に出しておくところだが、わたしはそっくり家に持ち帰った。箱はいま、居間に積みあげられて、わたしが新しい生活を見つけるのを待っている。

この教会では、わたしは部外者だ。家族連れだらけの会衆席の片隅にひとりですわっている。

見るからにイギリス人のわたしは観光客のように目立っている。こんなに家庭的な行事だと知っていたら、息子を連れてきたのに。まわりと同じように落ちつきのない息子といっしょなら、少しはこの場になじめたかも。

わたしはいま、年に一度の聖ルチア祭の礼拝がはじまるのを待っている。現在では十二月の中旬に行われ、チケットも売られるほどの人気行事になっている。

教会のなかは、どこもかしこもスウェーデンっぽい。スウェーデン語で書かれた詩篇の本、ブロンドで埋めつくされた会衆席。あまりきょろきょろしすぎないようにしなくては。地下からは、カルダモンとシナモンの香りが漂ってくる。礼拝のあとは、きっと伝統的な菓子パンとコーヒーがふるまわれるのだろう。

牧師が立ち上がると、教会じゅうの親がしーっと言い、子どもたちにベンチを指さす。一瞬の沈黙のあと、壇上の牧師が、まずスウェーデン語で、次に英語で穏やかに参列者に話しかける。「子どもさんはどれくらいおられますか?」ふたたびざわめきが起き、手が挙がる。牧師は笑みを浮かべる。「なるべくみなさんにもよくわかるよう、お話してみましょう」

牧師は祭壇にある二本のろうそくを指さし、手に持った三本目に火を灯す。そして、信仰を貫くために犠牲を払った聖ルチアの物語を話しだす。ただし、慎重に毒を取りのぞいたバージョンで。

でも、彼がいちばん伝えたいのは、聖ルチアの受難ではない。どうすれば、わたしたちが世界に明かりを灯すことができるのかということだ。「みんなで考えましょう。わたしたちひとりひとりが、火の灯ったろうそくなのです」そう牧師は語る。

すわったまま、短い賛美歌を二曲歌う。声を出したとたんに、正体がばれそうになった。スウェーデン語の発音がわからないので、小声で歌っていても完全に浮いてしまう。幸いなことに歌は短く、すぐに終わる。歌詞カードをたたむと、いよいよ期待感が高まってくる。

鐘が鳴り、照明が暗くなる。「はじまるよ」とささやく子どもたちの声。親たちのしーっと言う声。やがて、暗がりのなかに不思議な歌声が聞こえてくる。声のほうに全員が振り向き、本日のメインイベントをとらえようと、スマートフォンの液晶がいっせいに光る。

ついにはじまった。最初に入ってきた聖歌隊が、通路をうしろ向きに歩きながら、ひとりの女性を先導している。聖ルチアだ。本物のろうそくのついた冠をかぶり、白いロングドレスを着ている。ろうそくの炎は高く上がり、腰には受難を表す赤いサッシュ。同じ白いドレスを着た十四人の女性たちが続く。月桂樹のリースをかぶり、両手にろうそくを持っている。

全員が祭壇の前に立ち、歌い続ける。「ろうそくの火に導かれて進め、聖ルチアよ《スティーギ・メ・タンダ・ジュース、サンタ・ルシーア》」陽気な調べが、移動遊園地の回転木馬のBGMのように響きわたる。耳なじみのある曲だが、かなり違和感がある。スウェーデンの音楽はよく知らない（ABBAくらいしか浮かばない）けれど、これはぜったいにちがう。オペラのような大らかな明るさがある。

それはたぶん、この曲が、もともとはナポリ民謡だったからだ。ナポリ湾の美しい波止場ボルゴ・サンタ・ルチアを称えたロマンチックな叙情歌で、静かな夜、穏やかな海にボートを漕ぎだす喜びが歌われている。

北欧の国々は、曲のタイトルをそのまま使って、これを聖ルチアの歌に作りかえた。歌詞は、ろうそくを掲げた聖ルチアが暗い家のなかを巡り、世界に光を取りもどすというものだ。歌のなかのルチアは、神への忠誠のためにむごい殺され方をした殉教者ではない。深い闇に明かりを持って現れる白いドレスの少女だ。彼女の存在そのものが、火の灯ったろうそくのように描かれている。

聖歌隊は、聖ルチアに捧げる歌を何曲か歌い、最後に『きよしこの夜』で締めくくると、また通路を進み、沈黙のなかに消えていった。

牧師が最後にひと言話そうとするが、残念ながら聖ルチアほどの求心力はなかった。みんないっせいにおしゃべりをはじめ、コートを着こんで、気持ちはすでに地下で準備されているコーヒーと菓子パンに向かっている。

クリスマスの幕開けを飾る、最高に美しい行事だった。このまま居残っては、よそ者であることがばれるだけだ。わたしは献金袋にコインを数枚落として、どんよりと曇った十二月の午後に戻っていった。

地下鉄の階段を下りてベイカー・ストリート駅に入る。

ずいぶん気持ちが軽くなっていた。ろうそくの明かりや歌のせいだけではない。ただ、牧師の言葉や歌に耳を傾け、ときおりぐずる赤ん坊に微笑みかける以外、何もすることがない一時間がわたしを元気にしてくれた。わたしはここのところずっと世界を遠ざけ、ある意味自分を恥じて家にこもってきた。人とも会わずにいた。この先どうなるのかが不安で、その気持ちを隠しておける自信がなかった。やることがないので、とにかく忙しいふりをしていた。何かをしているように見せかけて、ほんとうはただスマートフォンをいじっているだけだった。

けれども、教会に静かにすわっていることが、心を穏やかにしてくれた。何もせず、ただ耳を傾け、雰囲気にひたり、思いを巡らせるだけの時間がわたしを解放してくれた。

子どものころは、教会の席にじっとすわっているのが苦痛だった。ところが今日、大人になったわたしはちがう感慨を覚えた。たくさんの人のなかで、何者でもないことの心地よさにひたり、たえず感じてきた焦燥感から、たとえ一時間にせよ解放された。自分自身との闘いをいっとき棚上げすることができた。

ほんとうのことを言うと、教会にいるあいだずっと泣きそうだった。わたしにはこういう時間が必要だったのだ。そうでなければ、自分がどれだけ暗い闇のなかにいて、どれほど真冬に近づいているかわからないままだった。

聖ルチアに救われたといえば言いすぎだろう。魔法のように目の前がひらけて、進むべき道が見えたというわけではない。

でも、彼女は小さな明かりを掲げて、わたしの目の前をほんの少し照らしてくれた。

冬至

――冬の朝、不思議な巨石ストーンヘンジの儀式を見に出かけて、予期せぬスピリチュアルな体験に「時の流れ」を感知させられる。

四時四十五分、スマートフォンのアラームが鳴った。わたしは見慣れないベッドから起きだし、服を着こむ。保温下着、レギンス、ジーンズ、Tシャツ、セーターを身に着け、スキーソックスとウォーキングシューズを履く。ダウンコートとスカーフとミトンと帽子は、もう車のトランクに入れてある。

一階に下りると、友達はもう起きだして、キッチンで紅茶を入れている。飲みながら出発の時間を相談した。渋滞しているかも。早めに出たほうがよさそうね。

わたしたちはそれぞれの子どもを起こして、さっきと同じ順序で、保温下着、レギンス、ジーンズ、セーター、靴下を着せていく。毛布でくるんで抱きあげて、耳元でささやく。「車のなかで寝られるからね」ぜったいに寝ないだろうけれど。

五時十五分、エイムズベリーに向けて出発。あたりはまだ真っ暗だ。子どもたちは、だんだん騒がしくなってくる。南西に向かう車の流れはスムーズだ。十二月二十二日にしては混んでいるような気がする。だけど、帰省ラッシュがそろそろはじまるころだから、こんなものかも。

むしろ、もっと渋滞すると思っていた。

今日は冬至、全国から大勢の巡礼者が、古代の信仰のシンボル、ストーンヘンジを目指す日だ。けれど車の量は、ふだんの午後とそれほど変わらない。まだ朝の六時で、あたりが真っ暗だから？　それにしても、もう少し盛り上がると思っていたのに。わたしは、自分のミドルクラス的な薄っぺらい信仰心を揺るがすような熱狂を期待していた。

きのうの夜のクリスマスパーティーを思いだす。明日ストーンヘンジに行くんだと言うと、みんなから微妙な反応が返ってきた。眉をひそめたり、鼻でわらったり、おおげさに驚いたり。へえ、冬至の朝に？　それって、ヒッピーとか、新興宗教の人とか、環境保護系の人とか、ちょっとヤバめの人たちが集まるんじゃないの？

どうやら、わたしは大きな声で言えないことをしようとしているらしい。怪しげな信仰や奇妙な儀式に取りつかれたニューエイジの群衆に交じって、一年の節目を祝うつもりだと思われている。「もしかして、そっち系の人？」思わずきっぱりと否定した。

巨大な石柱がサークル状に配されたストーンヘンジ。四千年から五千年前に造られたと考えられている。二本の巨石が重ねられた柱の上に、横石が渡されている。ウィルトシャーの丘陵地帯に散らばる新石器時代と青銅器時代の巨石建造物群の一部で、周囲には古墳も数百基ある。石柱の高さは約四メートル。周囲を威圧するようにそびえ立っている。

何らかの儀式で重要な役割を果たしていたのは間違いない。けれど、それがどんな儀式で、どのように使われていたかはわかっていない。

十二世紀に『ブリタニア列王史』を著したジェフリー・オブ・モンマスは、この石には癒やしのパワーがあると考えていた。彼の説では、石柱はブリトン人の指導者アンブロシウス・アウレリアヌス王が、サクソン人との戦いの勝利を記念するためにこの土地に運ばせたものだという。

ジェフリーによると、石柱はもともとアイルランドの巨人族が建てたものだった。騎士が一万五千人かかっても動かせなかった巨石を、王の命を受けた魔術師が動かしたのだという。

十八世紀の初頭、好古家のウィリアム・ストゥークリは、周囲の土塁を調べ、ストーンヘンジが、かつてドルイド教徒の崇拝の場だったという説を唱えた。彼は、数少ない史料にあたり、そこで行われた儀式の想像図まで描いてみせた。史料のほとんどがローマ時代のもので、ドルイド教徒は得体のしれない異教徒、ローマ軍の前では無力な野蛮人として描かれていた。

ストゥークリはさまざまな史実を解明したが、創作もかなりあったようだ。ストーンヘンジに魅了された彼は、のちにドルイド風の名を持ち、ドルイドを標榜《ひょうぼう》するようになった。

ストーンヘンジは、ヴィクトリア朝時代には人気の観光地になり、夏至には何千人もの人が日の出を見るために訪れた。観光客は巨石をノミで削りとって、そのかけらをおみやげに持って帰ったという。

学術的には否定されているが、ストーンヘンジとドルイド教との関わりは定説化し、二十一世紀になると、ストーンヘンジは、新興のドルイド教信者と、ほかの新興宗教のグループとの共通の聖地になった。時を同じくして、この遺産を保護し、保存しようという社会の気運が高まった。このことが、しばしば対立を引き起こした。

観光客の増加にともなって、石が風化する怖れがでてきたので、一九七八年に石柱エリアへの立ち入りが制限され、一九八五年には、ニューエイジのグループと警察の間で激しい対立が起きた。毎年夏至に行われていたストーンヘンジ・フリー・フェスティバルの参加者を閉めだすために、エリアが封鎖されたのだ。

立ち入り禁止は一九九九年まで続いた。その年、欧州人権裁判所がストーンヘンジを礼拝の場と認め、新興宗教、ドルイド、スピリチュアル団体を含む多様なグループに、そこで祈る権利を認めたのだ。

管轄するイングリッシュ・ヘリテージは、夏至や冬至の祝いを、互いに敬意をもって平和に行うように要請した。それ以来目立ったトラブルはない。ストーンヘンジは、いまや異文化の対立の象徴というだけでなく、その合理的な和解の象徴と言えるかもしれない。

ストーンヘンジが重要な場所とされているのには、天文学的な理由もある。毎年、夏至の朝には、ヒール・ストーンと呼ばれる石のうしろから太陽が昇り、サークルの中央にまっすぐに光が差しこむ。そして冬至の夕暮れには、かつていちばん高かった二本の石柱のあいだに、太陽が沈んでいた。

いまはもうこの石はないので、現在では冬至の朝にお祝いが行われる。これからはもう日は延びるばかりという太陽の復活を祝うのだ。わたしたちが今日やってきたのはそのためだ。

でも、これほどしょぼいとは思わなかった。こんな真冬に、わたしは何を期待していたのだろう。イングリッシュ・ヘリテージ・カフェには、柔和そうな中年男女が列を作っている。ほとんどの人たちが、スーパーにでも行くようなふつうの服装だが、マントを着た人もちらほらいる。植物神のマスクを着けた人もいて、ビニールの葉っぱが顔一面を覆っている。

どこを見ても、平和でのどかな雰囲気だ。カフェの冷蔵庫には、イラクサワインとハチミツ酒がたくさん入っているけれど、誰も飲んでいる様子はない。村祭りのバザーのほうがまだ華やぎがありそう。

子どもたちのためにソーセージロールとホットチョコレートを注文して、テラス席にすわる。驚くほど暖かい。さて、巨石のあるストーンサークルへはいつ行けばいいんだろう。しばらくすると、子どもたちが退屈しはじめたので、〝ストーン行き〟と表示のあるシャトルバスに乗った。バスのなかでは、乗客みんなが祖父母のように子どもたちをかわいがってくれる。

バスが目的地に着き、はじめてストーンヘンジが見える。日の出まえの空が、群青色を帯びてきている。

石のまわりには、すでにたくさんの人がひしめいていた。カフェにいた人たちとは、明らかに人種がちがう。なんというか、ロックフェスの終わりがけみたいな雰囲気。警察官や、ドラッグ中毒者をサポートする救急スタッフが配備されているのもそれっぽい。スタッフの女性に、ドラッグで倒れる人がたくさんいるのか尋ねてみたが、そうでもないらしい。みんなが徹夜で大騒ぎするのは夏至のほうで、冬至は比較的静かなのだそうだ。

とにかく、いろんな人たちがいる。ペルーのポンチョを着た集団、ドレッドヘアのニューエイジのグループ、中世風のガウンを着た女性。シルバーの宇宙服の男性が鍵盤ハーモニカを弾いている。

音楽はあちこちから聞こえてくる。さまざまな太鼓の音、シンギングボウルの響き、アコーディオンの和音。観光客たちは、いっしょに踊ったり、ただ眺めたりしている。すぐ横を、色とりどりのぼろ布でできたマントの男性が、おもちゃの木馬にまたがって駆けぬけていった。

こんなにいろいろな人たちが入り交じったなかにいるのは、なんだか落ちつかない。わたしはここまで熱くなれない。ほかにも、ごくふつうのアウトドアウェア姿の親子連れが何組かいて、同じように、どうやって祭りの輪に入ればいいのかわからずに戸惑っている。そもそも、入りたいのだろうか。

子どもたちには、あまり石に近づかないように声をかける。いっしょに踊っておいでとは言えない。なんとなく、部外者だという気がして。だけど、どうしてそう思うのだろう。邪魔者扱いされている感じはしないのに。みんな好き勝手な格好をしているから、わたしたちが浮いているという感じもない。

冬至の朝をストーンヘンジで迎えたいというのは、それだけでここに来る立派な理由になる。

だから、わたしたちは部外者ではない。ただ、どうやって祝えばいいかわからないだけ。

まわりを見ると、みんな思い思いに恍惚感にひたっている。踊りや音楽に身をまかせる人。ただ目を閉じて静かに石に触れている人。わたしにもその気持ちはよくわかった。巨石のそばまで行って手で触れ、その大きさと存在感を目の当たりにすると、畏敬の念を抱かずにはいられない。こんな特別なことが、早起きするだけで経験できるのだ。

ストーンヘンジは、これまで何度も見たことがあるけれど、観光客向けの遊歩道から見るとやけにこぢんまりと見えてがっかりするくらいだった。いま間近で見るとまるでちがう。単なる灰色の石ではなく、地衣類で緑や黄色に彩られ、ごつごつした突起や割れ目がたくさんある。これが、人の手で採石場から切りだされ、形づくられて、ここまで運ばれ、建てられたのだ。そう思うと、いまこうして湿った石のにおいを嗅ぎ、肌で感じているのが不思議に思えてくる。石柱のあいだを抜けて進むと、サークルの内側は赤い服を着た人たちでごった返していた。みんながその時を待っている。わたしの時計では、日の出まであと十分。太鼓のリズムはますます熱を帯び、どこからかお香のにおいが漂ってくる。バートを肩車してやった。

人ごみはますます密になり、中心部には近づけない。サークルの中央からは歌声が聞こえてきた。何と歌っているかはわからないが、荘厳な雰囲気は伝わってくる。遺跡というより、どこかの寺院にいるみたい。寺院にしては、あまりににぎやかで混沌としているけれど。

太鼓は激しい乱れ打ちから、しだいに一定のリズムに落ちつき、叩く手にはますます力が入ってきている。中心で何が行なわれているのかはよく見えない。たぶん誰にも見えていない。いろんなことが自然発生的に起こっていて、決まりもないようだ。

それはそうだ。みんなが同じ目的でここに集まってきているのではないのだから、みんなが同じように感じなければいけない理由はない。この統一感のないお祭り騒ぎを、わたしは戸惑いながらも楽しんでいる。

気がつくと、群青色だった空が白んできている。日の出だ。ただ、太陽は雲に隠れて見えない。まわりの人たちは、みんな知らない者同士で握手やハグをして、「新しい年へようこそ!」と声をかけあっている。わたしたちも仲間に加わるのを、子どもたちは不思議そうに見ている。彼らはきっと、巨石をドラゴンに見立てたファンタジーの世界に、どっぷり入り込んでいたのだろう。

はっきりしたクライマックスはない。いまかいまかと息をこらして待ったわりに、たいしたことは何も起きない。まるで逃したオーガズムみたい。

それでも、意味のある瞬間であることに変わりない。何か月にもわたって闇の侵略を許してきた世界に、ようやく光が戻ってくるのだ。

周囲が明るくなったあとも、しばらくサークルのそばに居残った。雲が晴れて、巨石のあいだから太陽が顔を出すことを期待して。残念ながらそうはならなかった。

周囲の古墳のあいだを散策しながら、ビジターセンターに戻った。

こうして冬至の朝は終わった。

こういうことに対する世間の反応は、だいたい決まっている。変わったやつらがまた羽目をはずしてるな、べつにいいけど。そんな感じだ。

イギリス人は、サッカーは別として、集団で何かに熱狂することが苦手だ。黒装束に身を包んだり、儀式に参加したりといったことには疑いの目を向ける。

自分の信仰については、しかたなくやっているだけで、ほんとうはこんなことはしたくないという態度をとる。退屈そうに説教を聞き、祈りの言葉をぶつぶつ唱え、歌はいかにも面倒そうに小さな声で歌う。ひとりひとりが個人的、義務的に祈りを捧げ、ともに歓びを求めようなどとは思いもしない。

翌日、きのうのことがどう報道されているかを知りたくて、ネットニュースをチェックしてみた。どう感じるのが正解だったのかを知りたい。

新聞社のニュースサイトには、奇抜な衣装のワイルドな人たちが、石に抱きついている写真が載っている。BBCのサイトでは、駐車場であった小競り合いのことが大きく報じられている。そんなことまったく知らなかったけれど。デイリースター紙には、人々がストーンヘンジに〝降臨した〟なんて書かれている。まるでわたしたちが空から降りてきたみたいに。ウェザーニュースには、じっさいには見えなかった日の出が〝壮観だった〟と書かれている。

どれも、まえもって書かれていた記事が、自動的に流されたとしか思えない。また今年も頭のおかしな連中が馬鹿なことをやっている、と読者があきれて、舌打ちをするための記事だ。ユーチューブには、すでに動画が上がっている。コメント欄には、批判的な意見や、さげすみの言葉があふれている。

なかにはひどく差別的なものもある。大文字ででかでかと〈悪魔の申し子たち！〉と書かれたコメント。次の投稿には〈野蛮人〉という言葉が使われている。〈こういうヒッピー連中と、わたしたちの祖先をいっしょにされたくない〉というコメントが続く。ほかにも、〈怪しい新興宗教〉〈ドラッグで頭がいかれたやつら〉〈マリファナのにおいがぷんぷんする〉、などなど（じっさいには、そんなにおいはしなかった）。

わたしがストーンヘンジで見たものに、攻撃的な要素はいっさいなかった。わたしの趣味じゃないものもあったし、この場所とどういう関係があるのか首をかしげたくなるような集団もいた。でも、それはわたしには関係のないことだ。わたしも、何をしに来たのかなんて誰からも尋ねられなかった。

あらゆる信仰の寄せ集めのような場所だったけれど、とても寛容でもあった。あの場所を聖地だと定めたそれぞれのグループが、互いに尊重しながら、それぞれのやり方で祝っていた。誰も、そんなやり方はだめだとか、自分たちに合わせろとか言う人はいない。みんなそれぞれやりたいようにやって、ほかの人たちのすることには口を出さなかった。

考えれば考えるほど、ああいう機会がもっとあっていいと思えてくる。淡々と過ぎていく日々の区切りになるし、季節がひとつ進んだことを実感させてくれる。

けれどこの考えは、わたしを落ちつかなくさせる。これは異端的な考えではないだろうか。わたし自身、かつてはこういう儀式を色眼鏡で見ていたところがある。それをいま自分が求めていることを、素直に認められない。

タイムズ紙に、新興のドルイド教団のリーダーのフィリップ・カー・ゴムのインタビューが載っていた。彼も同じような居心地の悪さを感じているらしい。わたしは連絡をとってみた。

「ぼくだって、ドルイド教はちょっと変だと思うよ。でも、世の中にちょっと変なものなんてたくさんあるだろう。ドナルド・トランプだって変だし、ローブを着た英国国教会の主教だって、よく見るとかなり変だ。モンティ・パイソンのジョン・クリーズがまえに言っていたよ、イギリス人は恥ずかしいことがなにより怖いんだって。ぼくだってそう思うよ」

わたしだってそう思う。ふつうじゃないとか、馬鹿げているとかいうまえに、世界に、より深い意味を見いだそうとするスピリチュアルな儀式が、単純に気恥ずかしい。

わたしが、ストーンヘンジで見たことを説明しながら鼻にしわを寄せると、フィリップはおかしそうに笑った。彼自身は儀式に参加するのは何年かまえにやめたそうだ。いまでも夏至や冬至は個人的に祝っているけれど、あくまで一年に区切りをつけるための季節の行事の一環としてだ。

「ドルイド教徒は、一年を八分割した暦に従って生活するんだ」フィリップは言う。「つまり、約六週間ごとに何かしらの行事がある。これはとても役に立つ。次の区切りを視野に入れて生活できるからね。一年を通してリズムができる」

彼が著書『ドルイド教の神秘』で述べているように、ドルイド教では冬至を〝アーサー王の光《アルバン・アーサン》〟と呼び、一年はこの日を境に生まれ変わるとされている。

冬至には、〝光の出現を妨げるものを取りのぞく〟ための儀式が行われる。彼らは、光をさえぎっていたものの象徴として、布切れを地面に投げ捨てる。そして、火打ち石でランプに火を灯して東に向かって掲げ、夏至をピークとする新しいサイクルのはじまりを歓迎する。

次の祭りのインボルクは、スノードロップが咲きはじめる二月一日に行われる。この日は冬の終わりを告げる日だ。雪がとけ、冬の名残が一掃される日とされている。最初の子羊が生まれるのはこのころだ。やがて、春分がやってくる。昼と夜の長さが同じになるこの日には、〝地球の光《アルバン・アイリア》〟と呼ばれる祭りが行われる。そして、五月祭《メイ・デー》の前夜を祝うベルテインのころには、春は盛りを迎える。牛が冬ごもりから野に出るのはこのころだ。

こうした節目の行事は夏のあいだも続き、季節が巡ってサウィン祭の日を迎える。ここで一年は死を迎え、冬至で新しく生まれ変わるまで停滞の時に入る。

このように、夏至と冬至、春分と秋分という太陽にまつわる四つの祭りと、そのあいだに、畜産や農耕にまつわる四つの祭りがあり、一年を過ごすうえでの大切な区切りになっている。

「現代社会では、大きなイベントといえばクリスマスくらいのものだろう」フィリップは言う。「あとは夏休みまで何もない。それでは間隔が長すぎる。ドルイド教のやり方だと、祭りが一年にリズムを作ってくれて、いちばん暗い季節でも先を見通せるようになる。サウィン祭で冬に入ったときも、あと六週間すれば冬至だし、次の六週間が過ぎれば春が来ることがわかっている。道しるべが三つあるようなものだ」

これは、借りものの儀式をつぎはぎして、神秘主義が支配していた時代にさかのぼろうとする新興宗教なのだろうか。そうかもしれない。でも、それでもかまわない。彼らのやり方は、わたしたちが、心の奥底で抱いている疑問にひとつの答えを出しているのだから。

わたしたちは、ほんとうに、人工の明かりとセントラルヒーティングが支配する世界に安住できるのだろうか。季節の変化とまったく無縁で、昼がいつから長くなるのかもわからないような暮らしをよしとしているのだろうか。

現代社会が、わたしたちの潜在的な求めに応えるすべを持たないのなら、過去のやり方にならったり、新しい方法を生みだしたりするのは、とてもまっとうなことのように思える。

「あなたは祈りますか?」二〇一九年にウェブマガジンに発表されたエッセイ『日々の恵み』のなかで、著者のジェイ・グリフィスは問いかける。そして、自分でこう答える。「わたしは祈ります。天上の神にではなく、地球に向けて祈るのです。どんな言葉で祈るかは内緒ですが、その中心に美しさがあるのはたしかです」

じつを言うと、わたしも地球に向けて祈っている。もう十年は瞑想を続けている。もっとも、子どもが生まれてからは、毎日二回、二十分間すわっているのはむずかしくなり、エッセンスだけを抜きだす方法を編みだした。ほんの少しの時間でも目を閉じて、意識を一点に集中させる。これで、瞑想と同じような安らぎが得られる。

わたしは、これを祈りだと思うようになった。何を願うでも、誰に語りかけるでもない、言葉を必要としない祈り。むしろ、言葉の森のなかを、澄んだ風が吹き抜けていくような感覚だ。もつれた思考がほどけていき、自分がほんとうに求めていたものに気づく。自分を思いやる気持ちがひたひたと押し寄せ、感謝が胸いっぱいに広がる。一瞬ごとに自分の存在をよりリアルに感じる。ひとりでいても、ほかの人とつながっていることを強く感じる。

大勢の人のなかにいながら、隔たりを感じているときでも、目を閉じると、たくさんの人の意識の流れに足を踏みいれて、すべての人と人間性を共有しているように感じる。

正直に言って、こういうことを書くのにはためらいがある。わたしのまわりには、こんなふうに祈る人も、こんな言葉で世界を語る人もいない。もっと当たりまえの言葉で言いたいことを言えたらいいのに。

宗教の言葉は手垢がつきすぎている。かといって、ネットでよく見かける、いわゆるスピリチュアル系の言葉は抽象的すぎる。〝わたしたちは祝福されている、感謝しよう〟って、誰に祝福されているのか、誰に感謝を捧げるのかは、都合よくぼかされている。そこがはっきりしないものは怪しく思える。わたしは現実的な人間だから、そこに疑問を抱かずにはいられない。実体がはっきりしないものは信じられない。

けれども、わたしの祈りは、分析したり見極めたりする必要のない、言葉を超えた世界にわたしを連れていってくれる。

たまに、神にこの祈りを捧げているのだとすれば、それはどんな神なのだろうと想像してみることもあるけれど、わたしはやはり、祈りそのものを目的とした祈りに惹かれる。それは、意志とは関係ない自然な祈りだという気がしている。

〝わたしたちが祈れないときも／祈りは自ら声をあげる〟キャロル・アン・ダフィーの最も有名な詩『祈り』はこんなふうにはじまる。祈りはわたしにできることだ。だから、わたしは祈る。

祈りはわたしにもともと備わっている衝動で、自分を取りまく世界に、生命を見つけたいという欲望の表れのように思う。祈るうちに、木や石や水、鳥や動物といった、これまで見えていなかったものが目に映りだす。理性で抑えこまれていた自然崇拝の本能が目覚める。

とはいえ、祈りはひとりで静かにするものだ。人に言いふらしたり、議論したりするものではない。だから黙ってやればいい。精神主義に異を唱える人とは話を合わせながら、自分ひとりで癒やしを追い求めればいい。

けれど、儀式となると話はちがう。これまで隠してきた衝動を、白日のもとにさらすことになる。はっきり言って少し危険だ。

今回、わたしははじめて儀式的なものに惹きつけられた。スウェーデンの教会で聖歌隊の歌に耳を傾け、心が穏やかになったし、ストーンヘンジで大勢の人たちといっしょに一年の区切りを祝うのは、気分が高揚する体験だった。

ストーンヘンジ以来、これまで気にも留めなかったことに気づくようになった。日が昇るのが少しずつ早くなり、ベッドから出るのが楽になってきたのだ。そして、そのことを人に伝えると気持ちに変化が起きた。小さな気づきにちょっとした喜びが加わった。それで、そこに隠れていた儀式への衝動を認められるようになった。儀式を必要とするのは、恥ずかしいことではない。

宗教や精神的な集まりに見られるゆるいコミュニティは、かつてはごく一般的なものだった。けれどいま、そういった集団に参加するのは、ひどく過激なことだと思われてしまう。

このごろでは、核家族や、親密な仲間うちでの結束は強くなる一方で、異質なものは遠ざけられる傾向にある。

けれども、宗教や精神をよりどころにした集団は、弾力性があり、さまざまな人々を受け入れる。それによって、思いがけない視点や知恵がもたらされる。いまこそ、そういうものが必要なのだ。

「儀式とは、聖と俗、純粋さと汚れ、美しさと醜さが交差する精神の入り口であり、日常を非日常に変えるきっかけだ」と、作家のジェイ・グリフィスは書いている。わたしの場合、儀式は、時の流れに対する畏敬の念を肌で感じさせてくれた。そして、以前なら鼻でわらっていたようなことを、じっくり考えるきっかけを与えてくれた。いかにすべてが移り変わるか。いかにすべてが変わらずにあり続けるか。いかに時がわたしの存在を超えた大きなものであるか。

冬はほかのどの季節よりも、闇のなかで時を刻むメトロノームを必要としている。そのリズムを追っていけば、やがて春は訪れる。リズムに耳を傾け、季節の変化を肌で感じ、その節目をしっかり見届け、少し立ちどまって次の時期をどう過ごすのか、自分に問いかけることができる。

人は暗闇のなかにいる時間をひとりで耐え抜こうとする。その本能に逆らうことができれば、わたしたちは重荷を分け合い、小さな光を招き入れることができるのかもしれない。

年越し

息子バートの不登校という、もうひとつの冬がゆっくり忍び寄る。
彼を学校から引き離し、いっしょに新しい年を迎える。

いったん冬のモードに入ると、人生にはさまざまな種類の冬があることに気づかされる。大きな冬もあれば、小さな冬もある。夫とわたしの病気が快復に向かい、ようやく人生が落ちつきを取りもどしたと思いはじめたころ、またも大きな冬が忍び寄ってきていた。

息子が、学校に行けなくなったのだ。六歳にして、彼は不安に押しつぶされそうになっていた。三十人の子どもたちでカオス状態の教室に、教師はたったひとり。次々と起こる問題に振りまわされて、当然、全員には手が回らない。バートは、自分を透明人間のように感じていた。ちょっとしたいじめもあったし、詰めこみカリキュラムについていけなかったようだ。

バートが不安を抱えていることに、わたしは気づいていた。それなのに、よくあることだと思い、ずっと息子をなだめ、励ましてきた。偉い人たちはみんな学校が嫌いだったのよ、などと言って。けれど、彼が求めていたのは、わたしが立ち上がり、抗議の声をあげることだった。「先生に何がわかるんですか。もうたくさんです。息子には幸せになる資格があります！」そう言ってほしかったのだ。

そう、バートは幸せじゃなかった。わたしは、バートが子どもらしい喜びを失っていっていることに気づかなかった。

ゆっくり忍び寄る冬もある。あまりにもゆっくりやってくるので、気がついたときには取りかえしのつかないことになっている。彼の不登校はとつぜんのように見えて、じつはそうではなかった。彼はずっと訴えていた。わたしが気づいてやれなかったのだ。

こうなって、ようやくバートの気持ちがわかった。わたしは息子を学校から引き離した。

いろんな人がさまざまなアドバイスをくれた。なかには、脅したりおだてたりしてでも行かせるべきだとか、我慢することを教えなくてはという意見もあったけど、ぜんぶ無視した。自分を殺してまで学校に行ってほしくはなかった。

わたし自身は学校が好きだった。学校は、生活のリズムとチャレンジの機会を与えてくれる。けれど、いろんな人と話をするうちに、学校を苦行の場だと感じていた人がたくさんいることもわかった。それなのに、そういう人々も、自分の子どもには同じように苦痛に耐えて、人生の十四年間を学校で過ごすことを求めている。

どうやら親というものは、子どもの心の安定よりも、将来の学歴を心配するべきらしい。でも、そのふたつを天秤にかけるのは間違っている。将来のために、いま惨めである必要はない。

幸せは、人間が身につけられる最高のスキルだ。それをわざわざ手放して、将来のために薄暗い片隅にとっておく必要があるだろうか。

幸せは、わたしたちが潜在的に持っている能力だ。それは、自分がどうしたいのかをいちばんに考え、その求めにじゅうぶんに応え、いじめや屈辱という重荷から解放されたときに存分に発揮される。

子ども時代に強いられる環境は、大人になったいま考えると耐えがたいものだ。目標を常に突きつけられ、どれだけできたかを厳しくチェックされ、励ましよりも脅しの言葉で尻をたたかれる。〝これをしなければ、将来が台無しになる〟と脅されながら。

子どもの世界には、からかいやいじめが蔓延している。校庭で小突かれたり、蹴られたりなんて日常茶飯事。下校途中には、もっとひどいことが待ち受けているかもしれない。いまの自分がその立場だったら、とても耐えられそうにない。けれど、子どものころは耐えていた。そうするしかなかったから。

けれども、幸せが能力なら、悲しむこともまた能力だ。子どものころ、わたしたちは悲しみをスクールバッグに押し込んで、そんなものはないふりをすることを教えられる。

けれど大人になると、そこから聞こえる悲鳴を無視できなくなることがある。それが人生の冬だ。悲しみを積極的に受け入れ、それを認める訓練をする時期。勇気を出して自分の経験の最悪の部分を見つめ、それを癒やすことに全力で取り組む時期でもある。

冬はわたしたちの直感を研ぎ澄まし、自分がほんとうに求めているものをわからせてくれる。いよいよ息子に冬の過ごし方を教えるときが来た。これはわたしが、親として引き継ぐ大切なスキルだ。

そこで、わたしたちは時間をかけて、好きなことに没頭した。ビーチで遊び、図書館をすみずみまで探索した。紙粘土で海賊を作り、森を歩いて松ぼっくりやベリーを集めた。列車に乗ってロンドンまで行き、人けのない自然史博物館で恐竜と向きあった。寒い朝に早起きをして霜を集め、ぜったい壊れない固い雪の玉を作った。クッキーを焼いたり、ピザ生地をこねたり、もうたくさんというほどテレビゲームをしたりした。

わたしとバートは暗い時をいっしょに旅した。楽しかったとは言わない。けれど、とにかく必要な時間だった。わたしたちは、ともに怒り、ともに悲しんだ。ともに不安と闘った。眠ることで心配を追いはらい、眠れなくなると、昼夜を逆転させた。

けれど、引きこもることはしなかった。反対に、友人や家族につらい気持ちを訴えた。すると、驚くほどたくさんの人が駆けつけて、手を差し伸べてくれた。実際的なサポートをしてくれた人もいたし、自分の体験を話してくれた人もいた。とてもありがたかった。わたしたちは打ちひしがれつつも、これほど愛されたことはなかった。

冬を通して、意識の変化が起きた。わたしたちは本を読み、手を動かし、問題に向きあうことで、新しい解決策を見つけた。ふつうの生活にこだわるのではなく、新しい生活を作っていくことに決めた。

すべてが壊れたときは、何でも手に入れられるチャンスだ。それが冬の贈り物であり、醍醐味だ。変化は、好むと好まざるとにかかわらず、気づいたときには起こっている。冬を終えたときに、新しい自分になることもできるのだ。

なにより助けになったのは、同じ種類の冬を経験した人たちとの交わりだった。ある水曜日の朝、にぎやかなトランポリン・センターにいるときだった。平日に子どもと連れだっていることで、わたしは人目を気にしていた。センターのマネージャーか、不登校警察(そんなものがあるのかは知らないけれど)に見とがめられるのではないかとびくびくしていた。けれど、声をかけてきたのは、近くのテーブルにいた女性グループのひとりだった。「あなたも自宅学習者《ホーム・スクーラー》?」

気がつくと、わたしはこれまでの人生で起きたことぜんぶ——少なくとも、この数か月に起きたことを洗いざらい打ち明けていた。母親としての無能ぶりをあきれられるだろうと思っていたのに、共感の笑みやうなずきが戻ってきた。「このテーブルにいるみんなが、まったく同じことを経験してきたわ」

わたしは泣きそうになった。自分だけじゃなかったんだ。

そのテーブルに加わり、この郡には、学校に息苦しさを感じている子どもが何百人もいることを知った。バートはそのひとりにすぎないのだ。同時に、子どもを無理やり学校に行かせ、ベルトコンベヤーから落ちこぼれないよう訓練することに違和感を抱く親たちがたくさんいることも。

みんな口々に自分の経験を話してくれた。共通していたのは、時間はかかるにせよ、学校でひどく不幸だった子どもが、そこから離れることで笑顔を取りもどしたということだった。

ひとりの女性が言った。「いまは別人みたい。娘のあんな顔は、二度と見られないと思っていたわ」彼女の視線を追うと、小さな女の子が、ふたつのトランポリンのあいだをぴょんぴょん飛び跳ねていた。自由を絵に描いたような光景だ。

バートは、グループのひとりの男の子と楽しそうに遊んでいる。

「ほら、見て。まるで同じさやのエンドウ豆みたい」男の子の母親は言う。わたしは受け入れられていると感じた。こんな気持ちは何か月かぶりだった。

冬にまつわる真実のひとつがここにある。冬のさなかに得た知恵は、ほかの誰かに伝える義務がある。そして、人は誰でもその話に耳を傾ける義務があるということだ。これは、贈り物の交換だ。そして、古い世代から受け渡された考えを改めるきっかけでもある。

他人の不幸を見て、自業自得だと切り捨てることは、思いやりがないというだけでなく、自分のためにならない。災いは誰の身にも起こるということと、起きたときにどう対処すればいいかを学ぶ機会とを失うことになるからだ。苦しんでいる人たちに手を差し伸べる機会も失う。

そうすると、いざ自分の番が来たときには、人目につかないように隠れるしかなくなり、犯してもいない過ちや失敗をさがして思い悩むことになる。あるいは、原因を外に求めて犯人さがしをすることになる。

冬をじっくり観察して、そのメッセージに耳を傾けると、見えてくることがある。それは、ささいな過ちが、ときに大きな災いにつながるということ。そして、人生は残酷なほど不公平で、災いは有無を言わさずやってくるということだ。

わたしたちは、他人の不幸を思いやりをもって見なければならない。それは近い将来、自分の身にふりかかることかもしれないのだから。

ある夜、バートと夜更かしをして、ハリー・ポッターの最後の映画を観た。最初に本を読んだのは、バートがトラブルを抱えはじめたころだった。彼がハリーと自分を重ね合わせていることには、すぐに気づいた。いじめられ、馬鹿にされ、すぐにかっとするけれど、勇敢で思いやりがあるハリー。逆境を乗り越え、楽しいことは思いきり楽しむ少年は、バートにとって自分を映す鏡だった。

物語の続きが早く知りたくて、しばらくすると映画に切り替えた。『ハリー・ポッターと死の秘宝　ＰＡＲＴ１』を観終わったとき、バートの気持ちは沈んでしまい、すぐに続きを見せて、後半では流れが変わり、もやもやしていることがすべて解決することを知らせてやらなければならなかった。

映画がはじまると、わたしは鉛筆と紙を出してきて、文芸創作の講義と同じように曲線グラフを描いた。「いい物語というのは、こういうカーブを描くものなの。ここがはじまりで、ここが終わりだとすると、真ん中のこのあたりでいったんぐっと落ちこむの。主人公に悪いことがたくさん起こって、この先どうやってはい上がっていくのか想像もつかなくなる」

バートはグラフをじっと見つめる。「じゃあ、ぼくらはいまここにいるんだね」そう言って、カーブのいちばん底を指さす。

ハリーのことだろうか、それともわたしたちのことだろうか。どちらにしても同じだ。「そう」わたしは言って、鉛筆を右のほうに動かす。「で、このあたりから反撃がはじまるの」

「そのあとは、ぜんぶがよくなるの?」

「そういうわけじゃないわ。よくなったり、悪くなったりのくり返しよ。だけどとにかく、ここから主人公は解決に向けて動きだす。そして、何度つまずいても、一歩ずつ確実にはい上がっていくの」

バートは鉛筆を取って、わたしの描いたカーブをなぞり、途中に何か所か谷を描き加えた。

「ほんとうはこんな感じ。ピンチは何回でもやってくるんだ」

「そうね。それに、ほんとうの生活はここで終わったりしない。最後のページのあとも、冒険は続いていくのよ」

毎年、冬至から新年までの十二日間は、何かしらのイベントや行事で埋めるようにしていたが、今年は、いつもとちがう過ごし方をすることにした。

冬至の夕暮れどきに、友人たちと集まってビーチでたき火をした。たき火台と薪は、古いショッピングカートで家から運んだ。

季節はずれの暖かさで、翌朝には、猫の冬毛が抜けはじめたほどだった。もう冬はおしまい、さあ次に進もうとでも言うように。

そうはいっても風は強く、何度マッチを擦っても火は吹き消され、わたしは小さく悪態をついた。あきらめかけたころ、友人がライターを持ってきた。わたしのガールスカウト的な努力はいったいなんだったのか。まもなく火がちらちらと燃えはじめ、低く傾いた太陽が、わたしたちの影を長く伸ばす。みんなでコート姿で砂利浜に立って、紅茶やホットワインやビールを飲んだ。

潮はすっかり引いている。波打ち際で遊んでいる子どもたちは、クリスマスにどんなおもちゃをもらうかを打ち明けあい、もう一年だけサンタを信じることにしようなどと、こっそり話しあっている。

太陽が、薄いグレーの雲の下から金色の光を放ちながら水平線に近づいていく。ウィスタブルの海岸は夕日の人気スポットなので、夏には何度も見にきていた。夏の太陽は、沖合にある島の右側の海に沈んでいた。でも冬至の今日はずっと左のほう、海からはずれて家並みの向こうに沈もうとしている。太陽の軌道が季節によって変わることは知っていたけれど、じっさいにどこに沈むかは気にしたことがなかった。冬の太陽は、海ではなく陸へと沈んでいった。

太陽の最後の端が沈むのを見送ると、たき火がいっそう明るく燃え立った。ふと思う。光の復活を祝う賛美歌があればいいのに。そこで、つい何時間かまえにストーンヘンジではじめて知ったフレーズを口にしてみる。「新しい年へようこそ！」

するとみんながまねをして、互いに声をかけ合い、そのフレーズはわたしたちのあいだをこだまのように行き来する。「新しい年へようこそ！」また太陽が復活して、新しい年がはじまるのだ。

わたしたちが気づいても気づかなくても、日差しが戻ってくることに変わりはない。けれど、こうやって節目の日を祝うことで、新しい季節を前向きに迎えられるような気がする。薄青い空は水平線のあたりに残るだけになった。まだ周囲が見える程度には明るいけれど、寒くなってきた。子どもたちは、潮がどこまで引いたかを見に行って、すぐに泥まみれで引き返してきた。暗いなか外にいることにすっかり飽きている。仲間のひとりが、クリスマスのファンタジー映画を観せに全員を連れて帰ってくれた。

大人だけになると、みんなそれぞれの思いを抱えて静かになった。さらに薪をくべる。満月が町の上に昇り、退いた太陽のあとを引き継ぐように世界を見下ろしている。漆黒の空を背景に、月はしだいに明るさを増していく。

ビーチには、わたしたちのほかには誰もいない。さらに火のそばに寄って静かに薪をくべる。金属の台の上で焚かれた火はちっぽけだけど、じゅうぶんに暖かい。わたしたちは、来年はいい年になるといいねと小声で言い合い、さっきのフレーズを何度もくり返す。新しい年へようこそ、新しい年へようこそ。まるでおまじないのように。

気がつくと、闇の奥から海のささやきが聞こえはじめる。潮もまた、戻ってきていた。

翌朝、復活した太陽を見に、もう一度ビーチに行こうと友人たちを誘ったけれど、誰もうんと言わなかった。それで、庭でひとり日の出を待つことにした。

紅茶のマグカップを手に、空が白んでいくのを眺める。真っ暗な空に明るくまたたいていた星がしだいに薄れ、鳥たちが朝日の到来を告げるようにさえずりはじめる。甲高い鳴き声に空を見上げると、セグロカモメのシルエットが空を渡っていく。いつのまにか星がすっかり消え、空が青みを帯び、コマドリの歌声が聞こえはじめた。やがて、家々のあいだから金色の光が差し、世界はふたたび明るさを取りもどす。

いよいよ今日から、わたしのクリスマスがはじまる。災難つづきだった年の締めくくりにふさわしく、例年より遅めのスタートだ。

午前中いっぱいかけて、地元の食料品店で買い出しをする。ブルーチーズ、ハム、芽キャベツ、骨つきの鶏肉、ジャガイモをたくさん。赤と白のワインにマルサラ酒。トルコのゼリー菓子とチェリーボンボン。青と金の紙でラッピングされた日本の温州みかん。瓶入りのクロテッドクリームも余分に買っておく。

プレゼントの買い物もいっしょにすませる。何か月もまえから少しずつ買いためるのとちがって、ものすごく散財をしている気分になる。カートに箱や包みを次々と積みあげて、レジで大金を払うのは、ちょっとした快感だ。バートのために新しいパジャマも買う。赤ん坊のころから毎年、クリスマス・イブに新調することにしているのだ。今年は、淡いブルーの自転車柄のものにした。

家に帰り、ひと息つく。これで準備が整った。一日延ばしにしていたわけではない。むしろこのタイミングが正解だったと思う。ふだんは気が重い準備を楽しむことができた。

クリスマスイブには、サンタのために夜食を用意する。バートはサンタが好きそうな食べ物を思いつくかぎりリストアップしていた。トナカイのためのリストもある。テーブルに並べて宛て名をつけ終え、バートの靴下をドアノブにかける。

ふと見ると、バートは靴下に、ベルトを輪にした罠を仕掛けている。サンタが来たときに目を覚まして、少しでも姿を見てやろうという魂胆だ。なかなかいいアイデアだとひそかに感心したけれど、夜、マルサラ酒を二杯飲んだあとに、プレゼントを詰める段になって、そうでもないと思い直した。

それでも、夜中にこっそり階段を下りて、靴下に定番の金貨型のお菓子や、小さなおもちゃを詰めるのは格別な瞬間だ。ひとつひとつは他愛のない品物だけど、息子が笑顔になるところを想像するだけで気持ちが温かくなる。手柄をぜんぶさらっていくサンタが妬ましくもなるけれど、これほどの魔法をかけてくれることには感謝するしかない。

クリスマス当日は、食べたり飲んだり、ビーチでボール遊びをしたりして過ごす。翌日のボクシング・デーには、クリスマス・ディナーの残りものとピクルスを持って、友達の家を訪ねる。それが終わると、宙ぶらりんな期間に入る。クリスマスから新年までのあいだは、なぜかいつも日付の感覚がなくなり、今日は何日だっけ？　としょっちゅう口にしている。例年、この期間には仕事をするか、少なくとも何か書こうと思うのだけど、結局は何もできずに終わる。今年ははじめからそんな気になれない。去年まで、この数日は中途半端で意味がないと思っていた。だけどいまはわかる。それがいいのだ。

これといったことはとくに何もしない。休日らしく楽しもうとも思わない。ただ、新しい年に向けて食器棚を片づけたり、バートを友達のところに連れていって遊ばせたり、耳がちぎれそうに寒いなか、散歩に出かけたりする。べつに怠けているわけではない。頭のなかを空っぽにして、新しい年に向けてエンジンを暖めているのだ。残り少ない今年を有意義に過ごさなくては、というプレッシャーからも解き放たれて。

大晦日には、決まって落ちつかない気分になる。最後の最後になって、パーティー問題が頭をもたげてくるのだ。わたしはパーティーで華々しく新年を祝ったためしがない。以前は実家でちょっとした食事会をするのが恒例だった。でも最近は、まったく計画を立てずに当日を迎え、夕方になるといつも後悔している。親しい友達を夕食に招くくらいのことをすればよかった、とか。

だけど、大晦日や新年に人を招いたりするのは、気が重い。この歳になっても、お正月に人を誘ったりしたら、誰からも誘われなかった寂しい人と思われるんじゃないかとためらってしまう。それなのに、毎年ふたを開けてみると、大好きな人たちがなんの予定もなく家にいたと知るのだ。わたしと同じように、〝きっといまごろみんな楽しんでいるんだろうな。わたしはどうして招待されなかったんだろう〟と暗い気持ちで。

子どもがいると、年越しはなおさら面倒になる。夜中まで起きていることを許せば、はしゃいだりぐずったりするのにひと晩じゅうつきあわされるし、ベッドに行かせたら行かせたで、カウントダウンから締めだした罪悪感を抱くことになる。

結局、わたしはバートに夜更かしを許し、十二時になったらビーチのあちこちで上がる花火を見に行こうと約束した。ところが、夜の八時半には、彼は明らかにパワー切れだった。わたしはバートに、暖炉でたき火をしてからベッドに行こうと提案した。いまが十二時だというふりをして。バートはしぶしぶうなずいた。

安いシャンパンを飲みながらクリスマスツリーを暖炉にくべた。わたし的には少し早すぎるけれど、それを除けば、クリスマス・シーズンを締めくくるにふさわしいイベントだ。ツリーはすっかり乾燥し、火のなかに投げこむたびにパチパチと音を立てた。ブロンズ色に燃えあがり、やがてばらばらになる。そこで次の枝を投げいれる。最後にはすべてが燃えて、灰の山だけが残った。

まだ未練たっぷりのバートを添い寝で寝かしつける。彼が寝入ると階段をそっと下りて、今年最後のマティーニを飲み、テレビで年越しの歌番組を見る。典型的にぱっとしない年越し。来年こそちゃんと計画を立てると宣言すると、夫は笑った。

こうして、わたしは新しい年を迎えた。ひとつのピークを越えた瞬間に年が変わったというよりも、変化に目を向けながら一日一日を過ごしているうちに、自然に年が変わっていたという感じ。例年のようにはダイエットや禁酒を誓ったりしなくてもいい。負い目を感じなければならないことは何もない。

わたしは人生ではじめて、十二月と一月にはっきりとした境目があることを肌で感じた。日差しが戻り、春の到来が感じられる。とはいえ、冬の厳しさはまだこれからだ。寒さの底はまだ先にある。去年と同じなら、雪が降るまであと二か月ある。けれど、スノードロップはもうすぐ顔を出し、クロッカスの最初の一輪も咲くだろう。

冬はやがて終わる。新しい年がはじまったのだ。

一月

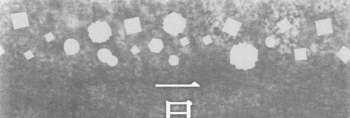

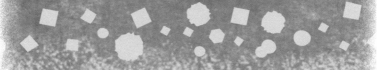

闇

三十代半ばを過ぎて妊活に励み、妊娠して北の旅に出る。
オーロラを眺め、サーミ人に会い、酷寒の地で感動した日々。

北極圏を旅したことが一度ある。妊娠五か月で、貧血と高血圧を抱え、体調は最悪だった。どう考えても、旅行に行くのにいいタイミングとは言えなかったけれど、予約をしたのはずっとまえ、自分が母親になるとは思ってもいなかったころだった。

それは、思いがけない妊娠だった。三十代半ばになり、わたしは不安になっていた。高齢になるほど妊娠しにくくなるとマスコミにあおられ、一方で、もっと大人にならなければ、子どもなんて持てないという考えがぬぐいきれなかった。わたしはまだまだひよっこで、もう少し時間が欲しいと思っていた。思いついた解決策は、いたって合理的なものだ。覚悟ができるまで、卵子を凍結しておこうと決めたのだ。

その日は大雨で、ロンドン・ブリッジの近くの不妊治療クリニックに到着したときには、下着までびしょ濡れだった。妊娠能力を調べるために、さまざまな検査を受けることになっていた。卵子を無償で凍結してもらうかわりに、使わなかった卵子を提供するというプログラムがあり、それに参加しようと考えたのだ。

けれど、検査の結果は思いもよらないものだった。猶予期間を手に入れるつもりだったのに、わたしには残り時間がまったくなかったのだ。卵子の数に問題はないけれど、妊娠するために必要なホルモンが足りないらしい。産む時期をコントロールできるなんて、なんと思い上がっていたのだろう。

失意のどん底で家に帰りつき、友人たちにメッセージを送りまくった――わかってよかったわ。知らなきゃはじまらないもの。情報は最大の武器と言うじゃない。わたしはラッキーだったわ。だって、知る機会のない人のほうが多いはずでしょ。だけど、馬鹿ね。ずっと避妊していたなんて。知っていれば、時間を無駄にせずにすんだのに。

ああ、もっと早くわかっていれば。皮肉なものだ。子どもを持つことを考えはじめたとたんにわかるなんて。わたしはベッドに入り、頭からカバーをかぶって泣いた。

そのときまで、わたしには迷う自由があった。子どもを持つか持たないかは、なりゆき次第。どちらを選んでも、いい人生を送れるはずだと思っていた。でも、このときになってはっきりわかった。わたしは子どもが欲しかったのだ。ずっと欲しいと思っていたのに、それを認める勇気がなかったのだ。

わたしはすぐさま、別のタイプのクリニックに予約を入れた。体外受精を扱っている、国民医療サービスのクリニックだ。予約がとれたのは四か月先だった。

それまでのあいだ、わたしたちの生活はがらりと変わった。本を読みあさり、排卵日予測検査薬をまとめ買いして、毎朝尿をかけて排卵日を調べた。子宮頸管の粘液検査もして、毎朝体温を計って記録した。計画的なセックスをした。楽しいどころではない、すぐに義務でしかなくなった。

こういうことをやったところで、うまくいく可能性は低かったが、少なくともやるだけのことをやっているという気持ちにはなれた。一縷《いちる》の望みを持って、鍼治療にも通ってみた。代替医療はずっと信用していなかったけど、この際そんなことは言っていられない。とにかく、試せるものはなんでも試してみた。

何が効いて、何が効かなかったのかはわからない。けれど、体外受精のクリニックを最初に受診した日に、妊娠していることがわかった。すぐに検査室に連れていかれ、そこで超音波の検査を受けた。画面に小さな影が映しだされ、まだ形になっていない心臓がたしかにぴくぴく動いていた。

まったくの予想外だった。うまくいくにしても、ずっと先だと思っていたのに。頭のなかはパニックだったが、自分のなかにいる、この奇妙な形をした命をとにかく守らなければという、強い思いが湧いてきた。

最初の三か月はずっと具合が悪く、ノルウェー旅行はキャンセルしようとも考えた。でも、どうしてもあきらめきれなかった。妊娠五か月目に入れば、嘘のように楽になるとみんな言う。もう少しの辛抱だと自分に言い聞かせた。けれども、楽になるどころか、次から次へと新しい症状が現れた。

それでも、北に旅をするという考えはどうしても捨てられなかった。むしろ旅行を目標にして、つらい日々を乗り切ろうという気持ちだった。

出発日が近づくと、担当の助産師が難色を示した。何かするのに人の許可を求めたりするのは好きではないけれど、今回ばかりは許可が必要だ。書類にサインしてもらわなければ、旅行保険にも入れない。航空会社に搭乗を拒否される心配もあった。わたしのお腹はすでにクジラ並みに大きくなっていて、臨月だと思われる可能性もあった。証明書があれば、空港で止められるようなこともないだろう。

助産師の許可はなかなか下りなかった。わたしは懇願した。「オーロラが見たいんです。これだけはどうしても譲れません」助産師は、強情もつわりの一種とでもいうようにわたしを見た。それでも、気持ちはわかってくれた。ひとりの大人として、わたしははじめてきちんと自分の主張を押し通せた気がした。

許可が出たのは、出発の四日前。何かあったときの対策もしっかり立てるという条件で。わたしは、ホテルのすぐそばに病院があることを説明し、必要になれば一日じゅうすわってテレビを見ていると約束した。最悪の事態が起きたとしても、ノルウェーなら医療体制が整っていると言うと、とうとう彼女は厳しい顔でうなずいた。

こうして、わたしたちは一月の下旬、すべてが凍りつき、暗闇が支配する地、トロムソに旅立った。たしかに、出産まえの最後の旅にはふさわしくない目的地だ。大きなお腹に合う防寒着をさがすのはひと苦労だったし、妊婦には過酷な場所だというのは着いてすぐにわかった。気温が氷点下になると、身体は血流を子宮に集中させるよう指示を出すらしい。わたしは始終がたがた震えていた。

食べ物はどれも塩辛く、パイナップルの缶詰(妊娠中にわたしが好んで食べた唯一のもの)は手に入りにくかった。ノルウェーの物価は驚くほど高く、わたしたちは部屋で即席パスタやサラダでしのいだ。バーガーキングにも何度か行った。店は、世界最北端のファストフード店を売りにしていた。

トロムソは、〝北のパリ〟というよりも、文明の果てるところという感じだった。それこそ、わたしが求めていたものだったが。

十一月の終わりから一月のなかばまで、トロムソは太陽がまったく昇らない極夜になる。その期間は、四十日にも及ぶ。ただし、完全な暗闇になるわけではない。地平線がうっすらと藍色に染まる時間がわずかにあり、それが昼間ということになる。あるかなしかの明るさでも、極夜を生き抜く人たちにとっては、昼と夜を区別する重要な目安になる。

わたしたちが到着したのは、ようやく太陽がごく短い時間、顔を出しはじめたころだった。午後三時から朝の九時ごろまで真っ暗な夜が続き、そのあとは、夜明けまえのようなほの明るい状態が長く続く。正午を挟んでごく短い時間、太陽が顔を出したかと思うと、またすぐに日が暮れる。

身体が慣れるほど長くいなかったので、わたしは薄暗い昼のほとんどを寝て過ごした。暗がりのなかではいくらでも眠れた。いつもぐったりしていたそれまでに比べれば、歓迎すべき変化と言えなくもない。

起きているあいだじゅうは、歩道で足を滑らせはしないか、公衆の面前で吐いたりしないか、頼みの綱の北ノルウェー大学病院から離れすぎてはいないかと心配ばかりしていた。

ウィンタースポーツはありえなかったし、やんちゃなハスキー犬はわたしから遠ざけられた。わたしはいったい何をしに来たのだろう。これが最後の自由な時間とばかりに焦ってここまでやってきたけれど、空回りしているだけかもしれない。

けれど、スポーツやハスキー犬以外にも魔法はいたるところにあった。道路の両脇にそびえる氷の壁、キルトを何枚も敷きつめたベビーカーで眠る赤ん坊。そして、もちろんオーロラ。この神秘的な自然現象は、年に数回の出現のピークを迎えていた。わたしたちは毎晩ツアーに参加した。来たことを悔やむ気持ちはそのたびに薄れていった。

最初の夜、わたしたちは漁船に乗りこんで、キャビンで新鮮なタラ料理を味わった。ほかの観光客は、みんな犬ぞりで負った名誉の傷を見せあっている。

食事が終わる少しまえ、船長に呼ばれてデッキに出た。見上げると、緑色のもやのようなものが、手に触れられるくらい近くにある。聞かなければ、まわりの船から出た排ガスだと思ったかもしれない。けれど、それはオーロラだった。淡く頼りなげな光だけれど、そこにあるのははっきりわかる。空に浮かんで消える幻のようなものではなく、立体感のあるもやのかたまりが、船の上をゆっくりと漂っていた。

はじめて見たオーロラは、想像していたものとまったくちがった。

これまで見た写真や映像はなんだったんだろう。写真にはどれも、ネオンのような明るく派手な光が写っていたし、ユーチューブでは、色鮮やかな光の帯が夜空を漂っていた。動画はきまって早送りで、長時間露光で緑やピンクの光が強調されていたのだし、写真をじっくり見てみると、オーロラのうしろに星が輝いているのがわかる。ということは、オーロラには、何兆マイルものかなたから届く、ピンの先ほどの光をさえぎる明るさもないということだ。

じっさいには、オーロラは、雲が漂うようにゆっくりと動く。それがほんとうにオーロラなのか、信じるかどうかは自分次第というところだ。じっと目を凝らさなければわからない。そもそも、誰かに教えてもらわなければその存在にも気づけない。

人目を引くものではなく、派手さも自己主張もまるでない。はじめはひっそりと隠れていて、しだいに静かにささやきかけてくる。わたしたちは空に向かって目を細める。「あれがそうじゃない？　どう思う？　あそこに見えるやつ。あ、そうだ、そうだ。きっとそうだ。自信はないけど」

そしてようやく大空が決めたタイミングで、オーロラを見るという幸運が授けられる。信じて待ったことへのごほうびのように。それからは空はどこを見てもオーロラだらけになる。

これまで何百回も映像を見て、記事をいくつも読んできたのに、オーロラがいったい何なのかはいまだによく理解できていない。わたしたちを取りまく磁気圏プラズマのなかの電気を帯びた荷電粒子が、太陽風によって高層大気へと吹きあげられる。そこで、荷電粒子はイオン化されて、光と色を放つ。簡単に言えばそういうことらしい。見られるのは、人工光の影響のない、空が暗い地域だけだ。

はるばると見にきたものを、最初の夜に見られたことはラッキーだったが、まだ物足りない。それで、二日目の夜もツアーに参加することにした。

夜の十時にバスに乗り、氷の壁のあいだを何マイルも走る。ツアーガイドは、目撃情報をキャッチしようと携帯電話にかじりついている。バスの運転手は、新たな情報が入るたびに危なっかしいUターンで進行方向を変えた。バスは一時間ごとに止まり、わたしたちはそのたびに反射材のついたオレンジ色のベストを支給され、ぞろぞろとバスを降りて、空を眺める。

何度か空振りが続き、極寒の海岸に降りたときのこと。空に巨大な緑の目のようなものが浮かんだり消えたりしている。前夜見たのと同じくらいぼんやりした光だけど、今度のは少なくとも動きがあった。まばたきすると見失うような淡い光だ。アイフォンのカメラでは何も写らない。

それでも、ツアーガイドが三脚を使って一眼レフカメラで撮った写真では、目も覚めるような緑の光の下で、みんなが満面の笑みをたたえていた。わたしたちは、それをおみやげに持って帰った。

夜中の二時に森のなかでバスを降りたとき、ガイドは冗談を言った。「この森にはクマがいるんですよ。でも、だいじょうぶ。まだ食べられた人はいませんから」わたしを見て一瞬口をつぐみ、こうつけ加えた。「妊婦さんからは、特別なフェロモンが出ているかもしれないですけどね」その瞬間、わたしは身震いをして、ひどい吐き気に襲われた。フェロモンよりも、吐いたものがクマを引きつけるかもしれない。

わたしはバスに戻り、残りの時間を寝て過ごした。空に漂うエメラルド色の光を夢に見ながら。見るべきものは見た。そう自分に言い聞かせて、これで終わりにしてもよかった。でも、わたしはほとんど取りつかれていた。チャンスがあるうちに、見られるだけのオーロラを見ないと気がすまなかった。

次の日はバスで北に向かった。そこで赤い船に乗り、フィヨルドのあいだを抜けて、ふたたび南に向かう。デッキに立って空を見上げると、ピンク色に縁どられた光が、風にはためくカーテンのようにゆっくりとたなびいていた。

オーロラの出現にはいくつものパターンがある。そのどれもがはかなく、見えたかと思うと次の瞬間には消えてしまう。妊娠にも似たところがある。ある瞬間はお腹のなかの存在をこのうえなくリアルに感じるのに、次の瞬間にはすべてが夢のように思えるのだ。

旅の最終日、失くしたミトンをさがしにホテルのロビーに行った。ふと見ると、港の上空にオーロラのかすかな光が漂っている。もしかすると、オーロラは旅のはじめからそこにあって、わたしが見つけるのを待っていたのかもしれない。

出歩いていたのは、夜だけではない。

ある朝、わたしたちはミニバスに乗って、ホエール・アイランドまでサーミ人の家族とトナカイに会いに行った。

バスは雪のリンゲンアルプスを抜けて走る。山のうしろに昇った太陽が、峰をピンクに染めている。車窓からフィヨルドを眺めていると、この寒さのなか泳ぐ人たちがいた。極寒の地の美しさと厳しさには、切っても切れないつながりがある。ここに住む人たちにとって、過酷な環境のなかで暮らしていくことは、崇高なものとの契約を守ることなのだ。わたしはそのことを肌で感じはじめていた。

目的地に着くと、スキーウェアと毛皮の帽子が配られた。着ているものの上からなんとかそれを身に着けると、伝統的な移動式住居に案内される。円形に並んだテントのひとつに入って、火のまわりにすわると、外がどれだけ寒かったかが身に染みた。

大きなお腹が入るスキーウェアをさがしたことで、わたしが妊娠していることはグループ全員に知れていた。女性たちから、どうしてそんな身体で来たのかと、質問を浴びせられる。ただすわっているだけなら世界中どこにいても同じだと思ったので……。わたしは弱々しく冗談で返した。女性たちは、くれぐれもハスキー犬に近づかないようにと釘をさした。ありがたいことに、すぐにトナカイに会いに行くことになった。

サーミ人は、スカンジナビア半島の北部に住む先住民族で、その居住地はノルウェー、スウェーデン、フィンランド、ロシアにわたっている。ただし、彼らにとっては一万年近く同じ土地に住み続けているにすぎない。そこに国家が作られると、その時どきの統治者からさまざまな差別を受けた。大昔から住んでいる土地の所有権を、証明するよう求められることもあった。

いまも不平等は残っているものの、現在サーミ人は、スウェーデン、ノルウェー、フィンランドで、独立した議会を持つ先住民として認められている。ロシアでは、いまも強制移住や土地への不法侵入といった脅威にさらされている。

彼らは多種多様な文化を持つグループからなり、あちこちに散らばって住み、現代のヨーロッパ人の理解の及ばない生活を続けている。彼らは常に不安定な立場にある。

サーミ人の生活の手段は、昔から変わらず、狩猟、漁業、毛皮の交易、そして最もよく知られているのがトナカイの放牧だ。とくにトナカイは彼らの文化と密接な関係があり、ノルウェーの法律では、トナカイを飼育する権利はサーミ人だけに与えられている。

サーミ人はアニミズムを信仰している。動物や植物、そして風景も信仰の対象だ。クマ、カラス、アザラシ、水、風、風景のなかでひときわ目を引くシーディと呼ばれる奇岩。さまざまな神や精霊に忠誠を示し、日常生活は祖先とともにある。それぞれの家族にそれぞれの神聖な場所がある。

彼らの神話で、トナカイが大きな位置を占めることは言うまでもない。ベイヴェと呼ばれる太陽の女神は、トナカイの角でできた乗り物に乗って毎日空を巡り、大地に豊穣をもたらすと考えられてきた。

わたしのトナカイについての知識はかなり素朴で、サンタクロースの相棒という程度のもの。近くで見ると、思っていたよりもずっと荒々しい。頭を振りたて、そばに寄れば白目をむく。何頭かは、立派な枝角から毛皮の切れ端のようなものをぶら下げている。「春が来るまでに、あの角は抜け落ちるの」案内役のトリーネが説明してくれる。トナカイのオスは、角を使ってメスを争い、交尾期が終わる冬のはじめには角を落とす。角はまたすぐに生えてくるけれど、数か月のあいだは柔らかく、デリケートだ。ふたたびメスを巡る争いがはじまる秋までは完全には硬くならない。

一方、メスはオスとはちがうサイクルで角を落とす。彼女たちは、オスの角がいちばん柔らかいときに子どもを産むので、外敵から子どもを守るために角を落とす時期を遅らせるのだ。

つまり、いまぼろぼろの毛皮を角からぶら下げているのはすべてメスで、それは母性を象徴する王冠なのだ。

ひとりずつトナカイの引くそりに乗った。わたしにはおとなしいトナカイが選ばれたが、雪原を走るあいだ、身体は激しく上下に揺れた。

凍った湖のまわりを一周し、テントに引きあげてトナカイのスープで身体を内側から温める。すぐに、トリーネがおかわりを入れてくれる。「あなたは角がないんだから、代わりにスープで守ってあげないとね、ママトナカイさん」わたしは涙があふれそうになった。感じてはいたけれど、うまく言葉にできなかったことを、彼女がひと言で言い表してくれた。妊娠したことで、わたしは自分をとても無防備に感じていた。

トナカイは、冬を生き抜くために何が必要かをちゃんとわかっている。なのに、わたしにはわかっていなかった。

トロムソで、わたしは暗く寒い極夜に、夢のような美しさが姿を現すことを知った。一方で、どれだけがんばっても、人生に起こりつつある変化にはあらがうことはできないことにも気づかされた。

わたしは角を落とそうとしている。妊娠してもこれまでと変わらないことを証明しようと北の国まで来たけれど、そこで見つけたのは、ありのままの自分を認められずに悪あがきしているわたし自身の姿だった。

ここに来てわたしは、自分の限界と、これからやってくる未来を受け入れることができた。いまの自分が無敵ではないことを学んだ。でも、それはずっとではない。

わたしは休むことと、あきらめることを学んだ。そして、夢を見ることも。この旅で何枚も写真を撮った。それをわが子に見せているところを想像してみる。「ほら、このオーロラの下にきみもいたんだよ」

現在では、サーミ人のような、複雑で豊かな神話を受け継いでいる人はほとんどいない。自分を取りまくさまざまなものに命が宿っているという感覚や、足元の岩や、頬をなでる風のなかから先祖がやさしく見守ってくれているというような感覚も持てない。そういうものが欲しければ、自分で作らなくてはならない。

オーロラの下で、わたしはわが子にどんな神話を贈ろうかと考えた。そうだ、最初にこう伝えよう。「きみはママのお腹にいるときに、北極圏を旅したんだよ。きみはとっても強くて、ママは負けちゃいそうだと思ったものよ」

帰国の途につくまえに、わたしたちは息子への最初のプレゼントを選んだ。ビロードでできた小さな北極グマ。白くてふわふわで、四本足で立つそのクマを、わたしたちはいまでも〝トロムソ〟と呼んでいる。

飢え

オオカミを研究する男性は、人はオオカミ以上に貪欲だと言う。
オオカミも冬の飢餓感に苦しむが、それでもなお生きながらえる。

一月下旬の冷たい空気のなかを歩く。今日のわたしはオオカミだ。やむにやまれぬ衝動につき動かされて外に出てきた。飢えに似た満たされない思いを抱えながら、自分の縄張りをうろついている。

太陽は低くかかり、足元の枯れ草に金色の光の筋を投げかけている。神経が張りつめ、鳥の羽音や、キイチゴの茂みを揺らす物音にも敏感に反応してしまう。

なぜか無性に口寂しい。吸ったこともないのに、煙草が欲しくてたまらない。舌と唇が背徳感を求めている。酒でもかまわない。朝っぱらだというのに、わたしの口は一杯の酒を求め、酔いがくるのを望んでいる。

なるほど、人がどうしようもなくむしゃくしゃしたときに、煙草を欲しがるのはこういうわけか。無様に泣き叫ばずにすむのなら、煙草の害くらい喜んで受け入れようという気にもなる。

でも、わたしは歩く。こういうときは歩くのがいい。胸のなかのもやもやが鎮まるまで歩くのがいちばんだ。

オオカミを追って世界じゅうを旅する男性と出会ったことがある。わたしが編んだアンソロジーの出版記念パーティーにふらりとやってきた。紹介された瞬間、目がくぎづけになった。彼には独特の雰囲気があった。目つきが鋭く、外見を繕うことも、感じよくふるまうこともない。飾り気がなく、どこか野性のにおいがした。

彼の魅力を言葉にするのはむずかしい。説明しようとすると、甘ったるいロマンス小説のようになってしまう。じっさいその夜、家に帰って、その引力について説明しようとすると、夫はあきれた顔をした。

けれど、わたしは恋愛の対象として彼に興味を持ったのではない。わたしを惹きつけたのは、彼の野性だった。彼はまるでオオカミそのものだった。オオカミに憧れ、群れを追ってきた歳月のあいだに、その性質が乗り移ったのかもしれない。

彼は、ギリシャの山岳地帯で、雇われ羊飼いとしてキャリアをスタートさせた。一般的な就職から逃れるために選んだ仕事だった。

イギリス人の彼にとって、オオカミはなじみのない存在だったけれど、ギリシャではオオカミはごく身近な脅威で、常に警戒しておくべき羊の天敵だった。

オオカミは、しばしば空腹を満たすのに足る以上の獲物を殺す。それが残忍な殺し屋というイメージにつながっている。牧人のいない羊の群れを見つけると、一匹や二匹だけではなく大量に殺すことがよくある。オオカミには、たしかにそういう残忍なところがある。けれど、彼にとってより衝撃的だったのは、オオカミに対する人間の残酷な仕打ちのほうだった。

人間の、オオカミに対する恐怖は本能的なものだ。それは先祖代々受け継がれてきた。その恐怖が、じっさいもたらされる脅威を上回る殺戮へと人間たちを駆り立てた。

ギリシャの羊飼いたちは、オオカミを忌み嫌い、徹底的に駆除したがっていた。

羊には自ら川に迷いこんだり、崖から落ちたりして、命を縮める奇妙な性質がある。それを考えにいれると、オオカミによる被害はそれほど大きくないはずだ。けれど、彼らの恐怖は理屈ではない。

羊飼いたちに問えば、答えはきまってこんなところだ。〝羊はひとつの例に過ぎない。少しでも隙を見せれば、やつらは子どもを襲いにくる〟

じっさいにそんなことがあったかどうかはともかく、そう信じるだけで駆除する理由にはじゅうぶんなのだ。

彼はしだいに羊よりもオオカミに関心を持つようになっていった。オオカミを観察し、行動や習慣を研究して、近くの群れのメンバーを一頭ずつ見分けられるほど詳しくなった。そして、殺すよりも効果的で費用をかけずにオオカミから羊を守る手段を考えだし、周囲の農場主にアドバイスするようになった。

こうして彼は、羊飼いからオオカミの研究者へと転身した。

ヨーロッパじゅうを旅して、タイリクオオカミが減少している地域で保護活動を行った。依頼を受けて、ある地域にまだオオカミが生息しているか調査することもあり、また、群れの規模と生存能力を調べ、保護の方法をアドバイスすることもあった。

彼はオオカミのように生き、オオカミのように考え、オオカミのように森に溶けこむことを学んだ。この地上で有数の捕食動物を追って、長いあいだ、森のなかでひとりで暮らした。その歳月は、人間社会が耐えがたくなるほど、彼の感覚を研ぎ澄ませていった。彼は間違いなくオオカミの性質を引き継いでいた。それは彼の場合、寡黙で用心深く、物事に集中し、控えめになることを意味していた。

そう語る彼のまなざしは、まっすぐで気どりがなかった。彼の隣にいると、わたしは自分を薄っぺらな作りもののように感じた。彼が野生動物なら、わたしは室内飼いのペットだ。自然のなかで生きるたくましさは、わたしのなかから消えてなくなっている。

ヨーロッパ大陸のあちこちを旅してまわるうちに、彼はオオカミの置かれた境遇に共通点があることに気づく。それは、どこに生きていても、常に殺戮の対象になっているということだ。オオカミは絶滅の危機に瀕していると言われながら、いまでも組織的かつ残虐に殺されている。保護の対象になっている場所でも、罠にかけられ、銃で撃たれ、殴られ、毒を盛られており、当局はそれを黙認している。

けれど、じっさいには、オオカミはとても繊細な生き物だ。豊かな感情を持つすばらしい親であり、愛くるしい子どもたちだ。オオカミが家畜を襲うのは、やむにやまれぬ場合だけだと彼は言う。

一月の満月は、〝ウルフ・ムーン〟と呼ばれる。この時期、腹をすかせたオオカミが、森から村に出てくることが語源となっている。中世には、この満月がオオカミ狩りのシーズンのはじまりを告げていた。この時期、子オオカミはまだ幼く、群れは無防備で、毛皮の質は高い。アングロサクソンの王たちが、地主にオオカミの毛皮を年貢として納めさせたり、犯罪者が決められた数のオオカミの舌を差しだすことで、社会に償ったという記録も残っている。

オオカミ狩りは、ノルマン王朝の支配下でも続いていた。オオカミたちはよく戦ったが、一五〇九年、ヘンリー七世の治世の終わりころには、イングランドでは絶滅したか、脅威にならない数にまで減少した。スコットランドでは、ほぼ二世紀後の一六八〇年に、最後の一頭が殺されたと報告されている。

けれども、目撃情報は一八八八年まで続いた。オオカミは容易に森に溶けこむ。だから、完全にいなくなったと判断するのはむずかしい。

じっさいに、オオカミは死に絶えていない。ヨーロッパ全域では推定一万二千頭（世界では三十万頭）が生息していて、その数は増え続けている。

そして、現実に目にするかどうかは別として、オオカミはいまも、わたしたちのなかに鮮明なイメージを保ち続けている。狡猾さと厳しい冬の飢えの象徴として。野生を思い起こさせる存在として。そして、人工光に照らされた騒がしい街の外に、鋭い牙と爪が支配する世界が広がっていることを思いださせる。おとぎ話では、子豚であれおばあさんであれ、か弱い獲物のいるところならどこにでも現れる、究極の悪役の座にすわり続けている。

オオカミは、冬を舞台にした児童文学のいたるところに姿を現す。ジョン・メイスフィールドの小説『喜びの箱』では、オオカミは、良き魔法を脅《おびや》かす古代の力を象徴している。C・S・ルイスの『ナルニア国物語』では、オオカミは白い魔女に仕える邪悪な動物で、徒党を組んで悪に加担する。ジョーン・エイケンの歴史改変小説『ウィロビー・チェースのオオカミ』では、オオカミの群れはロシアから、英仏海峡トンネルを通って、イングランドの郊外へとやってくる。

旅人や道に迷った子どもを脅かすオオカミは、文明社会の目と鼻の先に潜む自然の脅威を表している。

寒い季節のひもじさを表現するときには、よくオオカミが引き合いに出される。野生の知性を感じさせるオオカミは、人間にとっての永遠の敵だ。彼らはモラルではなく状況に従って行動する。生きのびるためにはそうするしかない。

わたしたちは、オオカミのなかに自分の姿を見る。文明というぬくぬくとした環境のなかにいなければ、わたしたちも彼らのようであったかもしれない。

冬の深い闇のなかにいるとき、人は飢えたオオカミになる。自分には何かが欠けている、完全になるために補わなければという気持ちになる。

けれどもこうした欲求は、驚くほど不適切なことが多い。薬物やアルコールに溺れたり、安らぎも愛情もない人間関係にはまったり、分不相応な買い物をして、熱が冷めたあともずっとローンに苦しめられたり。冬の時代の散財は長い影を落とし、そこから逃れるのは簡単ではない。

「わたしって、お金の使い方が下手なの」マリアンは言う。「親はちゃんとしてたんだけど。何も考えていなかったわたしが馬鹿だった」

二〇一五年、マリアンはようやく莫大なクレジットカードのローンを完済した。独立してから少しずつ積み重なった負債は、一時はどうしようもないところまでふくれあがっていた。彼女はできるかぎり生活を切り詰め、毎月、毎年こつこつ返済していった。彼女の場合、借金はぜいたくの結果ではなく、日々の出費の積み重ねだった。

「大学を出たとき、借金はなかったわ」彼女は言う。「卒業後、フルタイムの仕事について、それから元夫に出会ったの。彼の金銭感覚はざるみたいなものだった。お金がないくせに、とにかく高級なものに目がないの」

彼女は二十二歳のときにはじめてクレジットカードを作り、それで自分のために婚約指輪を買った。それはまだまっとうな使い方だった。失敗だったのは、夫名義の家族カードを作ってしまったこと。夫婦は一心同体だと思ったから。

五年後に別居するころには、カードの負債は一万五千ポンドにまでなっていた。しかし、まだそこまではよかった。ところが夫が出ていった二週間後、執行官がマリアンの車を差し押さえにやってきた。そして、不動産業者から手紙が届いた。夫が家賃を滞納していたため、立ち退きを命じられたのだ。このときになってようやく、夫がカードで作った借金は、すべて自分のものだと気がついた。

彼女は実家に身を寄せて返済していった。けれど、離婚訴訟でさらに借金が積みあがった。夫は裁判費用を支払わず、また争わなければならなかった。正式に離婚するまで四年かかった。「むしゃくしゃしていた。それで、何か素敵なものを買えば気持ちが晴れるんじゃないかと考えたの。そのくらいしてもいいと思った」

そのころには、彼女は三つか四つのクレジットカードを持っていて、ローンを組んでいたが、そこからさらに借金はふくらんでいった。それでも、彼女にはそれなりの稼ぎがあった。「給料よりも返済のほうが多くなることはなかったわ。だけど、現実から目をそらしていたのね。あらためて、すべての借金を計算してみることはなかった」

その後、彼女は転職をして、すぐに後悔した。「新しい仕事はわたしに合わなかった。仕事に行くと考えるだけで気分がすごく落ち込んだわ。いわゆる出社拒否症ね。あまりのストレスで、このまま続けたら死んでしまうと思ったこともあったわ。でも、辞めたら借金が返せなくなってしまうし」そのころ、負債は三万八千ポンドにまでふくらんでいた。

「最終的には、会社を辞めて自己破産することにしたの。わたしがお金を使ったのは、幸せになるためだった。だけど結局、以前よりも不幸になってしまった。大切なことを学んだわ。どんな素敵なものを手に入れても、わたしはわたしだということ。わたしはステータスが欲しかったのね。ぱっとしない人生を送ってきたから、憧れの人生をお金で買おうとしたの」

マリアンの物語には、ほろ苦い結末がある。彼女は地道にこつこつ働いて、負債を返済していった。そして三年後、思いがけず遺産を得て完済することができた。

けれど、長年にわたる心労が、彼女の精神にダメージを与えた。仕事で失敗を重ね、リストラの憂き目を見、減収と引きかえに、より簡単な仕事を手に入れた。「いまは、借金を返済していたときと同じくらいのお金で暮らしているわ。だけど、今度は終わりが見えないの」


人生は、わたしたちに単純なハッピーエンドを与えてはくれない。よく思うのだけど、いいことも悪いことも、すべては自分の行動次第だという考えは、そうであってほしいという願望なのかもしれない。そう考えたほうが自分を納得させやすいから。

でもじっさいには、自分の行動で何がよかったのかなんてわからないし、何が悪かったかというのも、取りかえしがつかないほどあとにならないとわからない、そんな気がする。

マリアンの将来への不安はすぐには消えないかもしれない。それでも、彼女は特別なことを成しとげたように思える。自分の貪欲さについて恥ずかしがらずに語ることだ。

もちろん恥ずかしがる必要はないのだ。彼女が求めたものは、愛情であり、少しの気晴らしだった。どちらも、人間のごく基本的な欲求だ。日々の生活は、たいてい孤独で退屈なもの。小さな欲望はあって当然だ。それは、人がどうにか毎日を生きのびるための心の叫びなのかもしれない。

『オオカミと人間』のなかで、著者のバリー・ロペスは、オオカミがなぜ食べる以上の獲物を殺すのかという謎に迫っている。「オオカミと人間の空腹の概念はまるでちがう。オオカミは、飽食か飢えの両極端に陥りやすい環境で暮らしていて、その消化器は、たくさんの食料を比較的短時間で取りこみ、消化するようにできている。つまり、程度の差こそあれ、オオカミは常に腹をすかせているのだ」

オオカミは、いつ次の食事にありつけるかわからず、幼い子どもや群れの弱い個体のためにじゅうぶんな食料を確保する必要がある。だから、自分より弱いと見た相手は容赦なく殺す。そうしなければ、いつなんどき飢えに襲われるかわからない。

そんな彼らに匹敵する貪欲さを持つ唯一の存在は、人間のハンターだとロペスは言う。彼らもまた、獲物と見れば、必要かどうかにかかわらず根こそぎ獲りつくす。

オオカミが飢えの象徴としてこれほど長く君臨しているのは、わたしたちが、不遇なときの自分を彼らに重ねあわせているからかもしれない。

冬、わたしたちの飢餓感はことさら強くなる。パーティーで出会ったオオカミ研究者の彼のように、わたしたちは自分のなかのオオカミに目を向け、敬意を示すべきだ。なんといっても、何世紀ものあいだ人間が排除しようとしてきたにもかかわらず、彼らはいまも静かに生きのびているのだから。

二月

雪

子どもたちは、雪に思いがけない自由をもらい躍動する。
雪はすべてを塗りかえ、日常を超えさせてくれる。

自分が子どものころはもっと雪が降ったのにと懐かしむ声をよく聞く。じっさいのところはどうなのだろう。昔のほうが雪が多かっただろうか。

息子が生まれてからのことならわかる。彼の人生の最初の六年間、雪はほとんど降っていない。夫とわたしは毎年、子どものように雪を待ちわびた。冬が来るたびに、息子に暖かい中綿のズボンとジャケットを買った。でも結局は、シーズンが終わるまでコート掛けにぶら下がったまま。

バートにとって、雪は伝説の生き物みたいなもの。ドラゴンと同じように、見られるものなら見てみたいというほどの存在だ。

わたしはこれまで一度もホワイト・クリスマスを経験したことがない。それははっきり言える。でも、雪の日の思い出ならある。子どものころに住んでいた村が雪で孤立したときのこと。停電し、商店の棚が品薄になったことが何度かあった。母が買い物から帰ってきて、こう言ったのを覚えている。「おばあさんが、パンを引ったくるように買っていったわ。飢え死にするとでも思っているのかしら」近所の人たちは、みんな玄関先に立って、牛乳配達の車が来るのを待ちわびたものだった。

一九八七年の冬には大雪が降った。通学路の脇に車よりも高い吹きだまりがそびえていた。雪のなかを登校すると、休み時間にスープがふるまわれた。飲むと身体がぽかぽか温まった。制服の下に、白いタートルネックのセーターを着てもいいことになり、母はスノーブーツも履いて行けと言った。だいじょうぶ、先生に注意されたらお母さんが言ってあげるから。

家のひさしからは、太く長い氷柱《つらら》がぶら下がっていた。巻き尺で測ると、いちばん長いのは四フィートあった。ぽきんと折ってバスタブに入れて写真を撮った。

当時は家にセントラルヒーティングがなくて、雪に濡れた服はガスヒーターで乾かした。家族は、このまま雪が続くとヒーターが壊れるのではと心配したけれど、わたしは気にならなかった。冬の厳しさと、何もかもを劇的に変える雪の力に心を奪われていた。雪が降りやまなければいいのにと思った。

いまも、雪に対してはそんなふうに思っている。ふつうの大人のように、不便だと腹を立てたりできない。たまに風邪をこじらせるのも悪くないと思うのと同じ理由だ。日常生活が否応なく混乱し、いったん立ちどまっていつものルーティンを見直すことを余儀なくされる。その感じが好きなのだ。

すべてがまばゆい白に塗りかえられるのもいいし、日頃とはちがって、道行く人たちが挨拶を交わすのもいい。光の見え方が変わって、雪を降らす直前の雲が紫がかってくるのも素敵だし、朝、カーテンを白い光が照らし、開けるまえから雪だとわかるのもわくわくする。新雪を踏みしめるときの感触も、吹雪のなかで手袋の上に雪を受けとめるのも楽しい。めったにはしゃいだりできないわたしでも、雪は子どもに戻してくれる。

雪には人間がとうてい太刀打ちできないパワーがあり、畏れずにはいられない。崇高さと美しさを兼ね備えたものの前で、人はいかにちっぽけで弱い存在であることか。

大人になってからも、たびたび雪と出会ってきた。ある年の雪の日、大型ごみ処分場までチェストを捨てにいくため車を走らせていたときのこと。交差点を曲がろうとブレーキを踏むと、車はスリップして、クルーズ船のようにゆっくりと道路を二車線分滑っていった。ほかに走っている車がなかったのは幸運というしかない。

またある年は、ユーロスターに乗ってパリに行く途中、大雪に見舞われた。線路が凍って列車は立ち往生。次の週まで足止めされ、パリに着いてからも、さらに多くの時間をカフェにすわって過ごすはめになった。

ウィスタブルに引っ越してきて、はじめて雪が降った日には、雪の積もった浜が見たくて、ビーチに駆けていったものだ。

けれど、バートは生まれてからずっと雪と縁がない。まだ赤ん坊のときの写真では、耳当てつきの帽子の彼を、わたしが抱っこひもで抱いて、ほんの二センチほどの雪の上を歩いている。

もちろん彼は覚えていない。

わたしは、バートが歩けるようになると、すぐにそりを買った。雪が降ってからだと、どこの店でも売り切れてしまい、ティートレイで代用するしかなくなると思ったのだ。結局、そりは使われないまま物置にしまわれ、うっかりほかのものを載せたときに壊れてしまった。温暖なウィスタブルではそりは無用の長物だった。ときどき、近くの町か隣の郡まで行って、雪を見せてやろうかとも思ったけれど、雪のなかをドライブするのは親として無責任だと思いとどまった。

去年の冬、ついに彼にとってはじめての雪が降った。朝の七時、空から白いものがちらちら舞いはじめた。わたしは二階に駆けあがり、バートを起こした。パジャマの上からコートと帽子を着せて、分厚い靴下と長靴を履かせ、ほら雪だよと言って庭に行かせた。けれど、芝生の上には、申し訳程度の雪がうっすら積もっているだけだった。

朝食を食べ終えて、仕切り直そうとしたときには、もう舗道はぬかるみ、とけた雪が側溝に流れていた。また来年まで待たないといけないのかな、そう思った。

ところが雪はやってきた。夜のうちにかなりの積雪があるという予報は出ていたが、わたしは期待していなかった。けれど、翌朝目覚めると、雪はほんとうに積もっていた。分厚く積もった雪は雑草や枯れた芝生を覆い隠し、庭を清らかな場所に変えていた。

もちろん休校になったので、わたしとバートは防寒着を着こんでビーチに向かった。雪はまるで大きなマシュマロみたいに防波堤に積もり、灰色の波がシャーベットのように浜に打ち寄せていた。わたしたちは砂利浜に積もった雪で雪だるまを作り、小枝のくちばしと、貝殻の蝶ネクタイをつけて、雪カモメにした。

それから、新しいそりを買い（在庫は山ほどあった）、スロープのあるほかのビーチまで行った。もう大勢の子どもたちがいて、大はしゃぎでスロープを滑っては、また雪に足を取られながら頬を真っ赤にして坂を上っていた。四人の若者がカヤックに乗って滑り下り、ビーチに積もった雪に猛スピードで突っこんだ。

雪の日はカレンダーにない休日だ。みんな日常を忘れて羽目をはずす。このときにも、ハロウィンやクリスマスのようにワイルドで温かい雰囲気があった。無軌道だけどほのぼのと楽しい。日常に非日常が入りこんだような、不思議な時間。

冬にはそういう機会がたくさんある。わたしたちをつかの間、日常から連れだしてくれる。雪は美しい。けれど、巧妙な詐欺師でもある。まっさらな世界を差しだしておきながら、喜んで飛びつこうとすると、その瞬間に消えてしまう。

雪を見ると、思い浮かぶのがナルニア国だ。針葉樹の森に降り積もる真っ白な雪、趣のある古い屋敷。C・S・ルイスは、雪というものの究極の美しさをさまざまな方法で見せてくれる。『ナルニア国物語　ライオンと魔女』の冒頭では、雪はすばらしいサプライズとして登場する。子どもたちは、毛皮の外套を入れた洋服だんすをくぐり抜け、とつぜん雪景色のなかに足を踏みいれる。

物語は、雪の日の喜びにあふれている。街灯の温かい光が真っ白な雪を照らしだし、読者は醜いものがすべて取りのぞかれた——少なくとも覆い隠された世界を目にすることになる。主人公の子どもたちは、そこでナルニア国の住人から暖炉の火やごちそうのもてなしを受ける。彼らの温かさは、雪に閉ざされた寒いなかだからこそ、いっそう身にしみて感じられる。

雪のなかでの子どもたちの冒険を描くのは、『ナルニア国物語』だけではない。スーザン・クーパーの『闇の戦い』シリーズは大雪ではじまる。主人公のウィルは、十一歳の誕生日、家族とともに雪で屋敷に閉じこめられ、やがて魔法と予言と悪の脅威が迫りくる時空にタイムスリップする。世界を救えるのは彼しかいない。彼は雪のなかで大きく成長する。

ジョン・メイスフィールドの『喜びの箱』も同じく雪景色が舞台だ。この物語では、若き主人公が、クリスマス休暇中に時空のずれに立ち会う。彼は雪のなかで魔法の箱を授けられる。それを使えば目的地まで一瞬のうちに飛んで行くことも、身体を小さくすることもできる。そればかりか、その箱は秩序立ったキリスト教社会に、いにしえの異教徒の世界を交わらせ、混乱に陥れることができる。

雪のなかで時間の流れはゆがみ、古い時代がよみがえる。そしてなにより重要なのは、両親がおらず、頼る大人も謎の失踪を遂げた若き主人公が、大人の役割を果たすことを余儀なくされることだ。

児童文学では、雪は世界を一変させる。それは、大人の庇護を受けられない状況を作りだし、子どもたちが持ち前の機敏さとたくましさで生きのびる世界を出現させる。子どもたちが直面する戦いでは、強者は力を削がれ、弱者が力を得て立ち上がる。これは、世界が様変わりする冬のさなかだからこそ起こることだ。

雪は日常を征服する。暮らしは停滞し、ふだんならなんでもないことがどうしようもなく困難になる。そこからが子どもの出番だ。思いがけない自由を得た彼らは、寒さをものともせずに本領を発揮し、命知らずの活躍をする。雪の支配するまばゆいばかりの空間で、子どもたちは自分が一気に大人に近づいたことを感じる。


雪も二日目になると、バートはもう外で遊びたがらなかった。重ね着にも、帽子にも嫌気がさして、頬に吹きつける風にもうんざりしていた。それで、昼間は『LEGO®・ムービー』を観て過ごした。

夕方になり、せっかくの雪をもう少し楽しもうと彼を誘いだした。足元に気をつけてビーチに下りると、あたり一面うっとりするようなピンク色の光に包まれている。雪の上に犬の足跡が散らばり、カモメは波で雪がとけたところに一直線に並んでいる。いつもは屋台やシーフード・レストランのおこぼれをついばんでいるカモメたちにとっては、さぞかしひもじい二日間だっただろう。

波打ち際の波がなんとも不思議な動きをしている。よく見ると、海水が凍ってフローズンドリンクのようになっている。バートは長靴で浅瀬に入っていき、すぐに足が冷たいと言って引き返してきた。こうして、わたしたちは家に帰った。

かつて、ウィスタブルの海が完全に凍りついたことがある。一九六三年に撮られた写真では、砕けた氷が海面に折り重なり、まるで極地探検の記録写真のようだ。人々は、海の上でそり遊びに興じたという。いつかまたそんなことが起こらないだろうか。できることなら見てみたい。だけどまずないだろう。近ごろでは寒波はそれほど長く続かない。

ところが翌朝目覚めると、ほんとうに世界は凍りついていた。けれど、わたしが思っていたのとはまったくちがう。夜のあいだに降ったみぞれが寒さで凍り、ありとあらゆるものに薄い氷の膜をかけていた。わたしたちは、雪を覆う薄い氷や、ガラスでコーティングされたみたいなつぎはぎだらけの舗道の上を、ぱりぱり音を立てて歩いた。フェンスの支柱も、街灯も、車も、氷のベールをまとって輝いている。

かつて作家のイーデン・フィルポッツは、ごくまれにこのような凍結が起きることを説明し、〝朝日が当たると、見たこともないきらびやかな夢の世界が浮かび上がる〟と描写した。

けれど、雪の上に張った氷はきらびやかな夢などではなく、悪夢そのものだった。海にたどりつくころには、わたしたちはへとへとになっていた。おとぎの国をもたらした天候は、いまや敵意をむき出しにしている。空は不穏な灰色で、海は濁ったカーキ色。刺すような風が吹きつけている。わたしたちを取りまく世界のすべてが、過酷で容赦なく、凶暴で危険だった。雪はもはや困難をもたらすものでしかなかった。

「雪はもういいや」バートが言う。

「そうね、二日でじゅうぶん」わたしは答えた。

「わかるわ」友人のペイヴィ・セッパラは言う。「雪ってほんと厄介よね」

わたしたちはＬＶ21号のキッチンでコーヒーを飲んでいる。テムズ川に係留された真っ赤な灯台船で、小さなアートセンターに改造した、ペイヴィの自慢の船だ。

この付近には、最近シロイルカが見られるようになった。故郷を離れて南にやってきたペイヴィを追って、シロイルカもまた、北極海からここに移り住もうと決めたのかもしれない。

ペイヴィは、フィンランドの小さな町ハミナの出身だ。ヘルシンキとサンクトペテルブルクのあいだにある、バルト海沿岸のこの町は、海と湖に挟まれて一年のうち六か月が冬というところだ。

「雪が降ると、最初は少しほっとするの。日が短くて、いつも暗いでしょ。雪が降ると、明かりがついたのかと思うくらい明るくなるから」

彼女の実家では、カーテンを冬用のものに掛けかえる。防寒のためではなく、雪の反射光を家のなかに取りこむためだ。冬、家のなかで縮こまっていてはいけない。何もせずにじっとしていては、すぐに心をやられてしまう。冬は雪がもたらす孤立と闘うときだ。

深い雪のなかでの暮らしは、それほどロマンチックなものではない。不便と我慢のかたまりだとペイヴィは言う。

毎年三か月のあいだは雪が積もっているので、雪で学校が休みになることはない。もちろん仕事も休みにならない。日々の暮らしは変わらず続く。つまり、毎朝雪のなかから車を掘りだしてエンジンを暖め、ちょっと近所に出かけるのに何枚も重ね着をする、そんな生活を何か月も続けるということだ。

簡単な作業も時間がかかり、危険をともなう。凍った川や湖の上を雪かきして道が作られるけれど、いつも安全だとはかぎらない。ときどき氷を突き破って落ちる人がいる。万一に備えて、誰もが車のなかに暖かい服とブーツを用意している。雪のなかで立ち往生する危険はもっと現実的だ。携帯電話は寒さのなかでみるみるエネルギーを使い果たし、すぐに充電が切れてしまうのだ。

人々はビタミンDのサプリをのんで、できるだけ外に出るようにする。スノータイヤをつけた自転車でサイクリングする人もいるし、スキーをする人もいる。家のなかを暖かくしておこうと思うと、電気代はたいへんなことになる。月に二千ポンドなんてこともある。暖房で部屋の空気が乾燥して、肌はうろこのようになる。

コーヒーを何ガロンも飲むのは目を覚ましておくためだけじゃない。多くのフィンランド人の健康をむしばむ飲酒の習慣に屈しないためだ。夜、遊びに出かけるときは、〝誰も置き去りにしない〟を合言葉にしなければならない。雪のなかで酔いつぶれることはぜったいにあってはならない。

子どもたちは、寒い夜に出かけていって、たったひとつの判断ミスで命を落とした人の話を聞かされて大きくなる。

雪を娯楽のように考えるのはぜいたくなことなのだ。極寒の地で暮らす人たちにとって、雪はお荷物でしかない。わずか数日の寒波に見舞われたときに、イギリス人が見せる無能っぷりは国民的なジョークになっている。裏を返せば、雪とともに生きる努力をする必要がないということ。わたしたちにとって雪は行きずりの情事のようなもの。楽しんだあとはぬかるみに文句を言って、また日常に戻っていく。

「雪が降っていいことはないってこと?」少し残念な気持ちで尋ねる。

「あら、もちろんあるわよ」ペイヴィは言う。「すごく寒いときに、雪が足の下でぱりぱり音を立てるのも、空気が星をちりばめたみたいにきらきらするのも素敵よ。洗濯物を外で干して、凍らせるのも好きだった。イギリスではそれができなくて残念」

「それで、洗濯物は乾くの?」

「しっかり乾くわけじゃない。だけど、凍らせたあとはとってもいいにおいがするの。ウールのセーターを外で干すと、洗剤で洗うよりもバクテリアを除去できるのよ」

「サウナにも入るのよね」

「ええ。サウナから出たあとは、雪のなかを裸で転がったり、仰向けになって腕をぱたぱたさせて雪に天使の羽の模様を描いたり。それから、氷に穴を開けて、水のなかに入ることもあるわ。足の裏が凍りつかないように、氷の上にラグを敷いておくの。水に入るときは悲鳴をあげちゃうけど、入ってしまえばなんともいえない気持ちよさよ。上がったあとは、みんなそれぞれ、自分にごほうびをあげるの。アロマキャンドルだったり、アイスクリームだったり、コーヒーだったり」

「でも、帰るつもりはないのね」

「ええ、ここのほうがずっと快適」

そのとき彼女の姪がふらりと入ってきた。ハミナから遊びに来ているのだそうだ。

「冬についてどう思うか、キャサリンに聞かせてあげて」ペイヴィは言う。

「冬は嫌い」まだ十代のルナは言う。「寒さにはもううんざり」

「今年は車で何回立ち往生した？」ペイヴィは尋ねる。

「二回よ。一回は、トラクターで氷のなかから救出されたの。もう一回は、自分で雪のなかから掘りだした。一時間かけてね」

「ようやく最初のテストに合格したってわけね」ペイヴィはいたずらっぽく目をくるりとさせた。

冷水浴

真冬の海水浴。強烈な冷たさのなかで味わう透明な数秒間は、正気の沙汰ではないが、想像以上のものを与えてくれた。

去年までの三年間、わたしは新年に開催されるウィスタブル寒中水泳大会に参加していた。ざっと言えばこんな行事だ。大勢の参加者たちが浜に集まり、いつまでもぐずぐずとたむろする。やっと意を決して海に入ったかと思うと、すぐに悲鳴をあげて逃げ戻る。すべてがあっという間に終わる。

ほんとうの意味で体験したとは言えない。体験したと言うために参加しているようなものだ。最初の関門は、体験のための準備。わたしは念入りに計画を立てた。一年目は、水着の上からラッシュベストとウェットスーツを着込み、ウォーターシューズにニット帽という装備で挑んだ。二年目以降は、ラッシュベストはお払い箱にした。海から上がったときのために、バスタオルを三枚と、バスローブ、ジャージの上下、熱い紅茶を入れた水筒、缶のブラッディマリーを持っていく。

海のなかにいるのはせいぜい十五秒ほど。また服を着て自分を褒めたたえているときが最高の瞬間だ。

そもそも、海辺で暮らしたいと思った理由のひとつは、一年じゅう泳ぎたかったから。二十代のはじめに、アイリス・マードックの『海よ、海』を読み、自分も海のそばに住めば、毎日海に入って、迷いのないストロークで波をかき分けていくような、たくましい人間になれると思った。そうでなければ、わざわざ海辺で暮らす意味はない。

ただ、最初の年は、大会への参加は見合わせた。十一月に引っ越してきたばかりだったし、海水が冷たいときに水泳をはじめるのは賢明ではないと思ったから。はじめるなら夏がいい。それから徐々に慣らしていけば、身体がびっくりすることはないだろう。

夏にはなったが、思ったほどには泳げなかった。潮の満ち引きのことを考えていなかったのだ。海辺に落ちつき数か月して、わたしたちはもう少し家賃の安い、海から歩いて五分ほどの場所に引っ越した。すると、とたんに海が遠くなった。水着を着てビーチに向かうと、潮がずっと沖まで引いていて、干潟の泥のなかをずいぶん歩かないと海までたどりつけないということがよくあった。歩いたあげくに、海水が足首くらいまでしかないなんてことも何度かあった。

そこでようやく、潮見表が必要だということに気づいた。地元のパブやカフェで売っている実用的なものを買えばよかったのに、わたしはわざわざアートギャラリーで複雑なタイプのものを買ってしまった。輪を目盛りに合わせて出た数字を、表に照らしあわせ、それでやっと東南海岸全体の潮の満ち引きがわかるというものだ。あまりに面倒すぎて、結局は投げだしてしまった。

今年は、友人のエマから、お正月にいっしょに海に入らないかと誘われた。それは、彼女が五十歳の誕生日を迎えるにあたって、チャレンジしたいことのひとつだった。寒中水泳の経験があるわたしといっしょなら、心強いと思ったのだろう。経験はないに等しいとは言えなかった。今回はふたりだけで海に挑む。いずれにしろこれまでとはずいぶんちがう。予備のウェットスーツをエマに貸して励ます。だいじょうぶ、死にはしないわ。

でもその一方で、わたし自身が尻込みしていた。イベントで大勢の人たちに揉まれて水泳(と呼べればの話だが)をすることには、身体を温める効果があった気がする。でも、ふたりきりではそうはいかない。今回海に入るには、かなりの気合が必要だ。去年までは、大勢の人についていくだけでよかったのだから。

海まではほんのわずかな距離だけど、車で行くことにした。そうすれば海から出たらすぐに車に戻って、ヒーターをフル稼働できる。念のために低体温症の症状を頭にたたき込んで行った。

エマとふたりでビーチにしゃがんで、水温と気象条件を確認する。気温は六度、霧雨が降っている。水温は三度に近い。空全体が白く曇り、海は灰色で荒れている。「よし、行こう」わたしは言った。「早くすませれば、それだけ早く家に帰れるわ」

エマがカウントダウンをする。三、二、一——わたしたちは、砂利浜を波に向かって駆けだした。勇ましい鬨《とき》の声は、水に触れた瞬間に悲鳴に変わった。

思いきって太ももまで水に入り、平泳ぎをしようと前に飛び込んだ瞬間、刺すような冷たさに襲われた。水の壁に押されて、肺のなかから空気がなくなる。圧倒的な冷たさ。とても太刀打ちできない。なんとか水を掻こうとするけれど、凍りつくような水に身体はすっかり縮こまり、腕がまったく動かない、固くなった輪ゴムのようだ。

恐怖がわたしを襲う。動くことはおろか、息もできない。まるで海が冷たいこぶしでわたしをつかんで、粉々に砕こうとしているみたい。ようやく足に感覚が戻って海から飛びでると、エマもすぐあとに続いた。

タオルを何枚も巻きつけて、熱い紅茶のカップを手にビーチで海を見ていると、おかしなことが起こった。またやりたいという気持ちが湧きあがってきたのだ。あそこに戻って、もう一度、強烈な冷たさのなかで、透明な数秒を経験したい。血管のなかで血がはじけるような感覚を味わいたい。次はぜったいに乗り越えられる。痛いほどの冷たさのなかで、もっと我慢していられる。

「すばらしかったわ」わたしはあえぎながら言った。

「ビーチに近づいただけでも効果が表れるの。身体は何が起こるかわかっていて、準備をはじめるのね。海に入ると考えるだけで、体温が三十七度から三十八度に上がるんだから」

わたしは、スカイプでドルテ・リュエアと話している。彼女は車のなかにいて、ぴかぴかの顔をしている。たぶん、泳いだあとなのだろう。ドルテはベテランの寒中水泳スイマーで、デンマークの最北端にある生まれ故郷のユトランド半島で、一年じゅう海に入っている。彼女が泳ぐのは、生きるためだ。

「理想的な水温は七度から八度」ドルテは言う。「それだと、頭を沈めて、全身を冷たい水にさらすことができるわ。もう一度顔を出したときには、何もかもがすっきり洗い流されているの」

ドルテは、一年じゅう海で泳ぐ人たちのグループ〈ポーラー・ベア・クラブ〉の一員だ。二十人ほどのメンバーが毎朝七時に集まって泳いでいるという。こういうグループは、デンマークの沿岸部のあちこちにあって、更衣室や、海から出たあとに身体を温めるサウナを備えていることも多い。

ドルテは三年ほどまえにメンバーになった。彼女が冷水浴をはじめたきっかけは悲惨なものだったけれど、いまではその効用を証明する、すばらしい実例になっている。

「二〇一三年の十月、わたしは八方ふさがりだった」ドルテが語る。「それまでの十年間、ひどい躁状態とうつ状態をくり返す、最悪のときが続いていたの。ありとあらゆる薬を試したわ。精神科の主治医からはずっと、薬の正しい組み合わせを見つけることが大切だと言われてきていた。でもね、よくなりはじめたのは、薬に期待するのをやめたときだったの」

あるとき、ドルテは自分の置かれた状況を新たな視点から見る機会を得た。それが病気に対する考え方を変えた。そのことが大きな転機となった。

それは、ドルテが、また薬が効いていないと思い、主治医に予約を入れたときだった。たまたま、はじめての医師と面談することになった。その医師は彼女に言った。「薬をあれこれ試してもいいけれど、薬で病気は完治しませんよ。肝心なのは病気を治すことではなく、あなたがありのままの自分として最高の人生を送ることなんですよ」

そんなことを言ってくれたのはその医師がはじめてだった。これが一年前なら、あるいはもっと最近でも、そんな話は素直に聞けなかったかもしれない。でも、その日はなぜかすとんと腑に落ちた。

一生、双極性障害が治らないかもしれないという考えを突きつけられたのは、耐えがたいほどつらかったはずだ。なんといってもそのせいで、彼女の健康と幸福は大きく損なわれているのだから。

けれど、ドルテにとって、それは希望を失った瞬間ではなく、必要な何かを得た瞬間だった。「できる範囲で精いっぱい自分らしく生きればいい、ほかの人が望むような人生でなくていい――そんなこと、それまで誰も言ってくれなかった。〝ノー〟と言うことを覚えなさい、一日にひとつのことだけやりなさい、社交や会食は週に二回まで。そんなアドバイスももらったわ。彼のおかげで自分の人生を送れるようになったの」

それまでのドルテは、いつも人の世話をやいているような人だった。病気を抱えながら、超人的な気前のよさで他人の役に立とうとがんばっていた。地元の母親たちの相談に乗ったり、家族のためにイベントや行事を計画したり、いつも大勢の人を家に招いたり。

そこへとつぜん、これからは自分のことだけを考えればいいと言われたのだ。

最初に彼女は、月に二回、ただリラックスするためにスパに通いはじめた。高くついたけれど、自分をケアすることを学びたかったのだ。サウナで身体を温め、そのあと小さな冷水のプールにつかる。それを何度もくり返す。

数回通って気がついた。自分にとって気持ちがいいのは、温かさではなく、冷水のほうだと。ドルテの脳で何かが起こりはじめていた。頭がこれほどクリアで穏やかなのは、ここ数年のあいだではじめてだった。

「ストレスがたまると、脳がおかゆみたいにどろどろして、耳から出てくるみたいな感じになるの。薬ではどうすることもできなかった。冷たい水に入ることで、それがやんだのよ」生物学を専攻していたドルテは、自分の症状に関する近年の研究に注目するようになり、ケンブリッジ大学の神経科学者、エドワード・ブルモアの研究を見つけた。彼は、うつ病は脳の炎症によって引き起こされるという説を唱えていた。それなら、冷水の効果は納得できる。「関節が炎症を起こしたときに冷やすように、わたしは脳を冷やしているの」とドルテは言う。

彼女は夏にも冷水につかるためにがんばった。中古の農業用貯水タンクを買い、トレーラーで地元の港に行っては、二百キロの氷を買ってくる。氷をタンクに入れて四百リットルの水を入れると、三度から四度の冷水になる。そこまでして苦行のようなことをするのだから、物好きと言われてもしかたがない。

でも、続けるうちにだんだん楽しくなってきた。三分しか入っていられなかったのが、そこから徐々に時間を延ばしていって、いまでは三十分は入っていられる。「とにかく気持ちがいいの。とても穏やかで、リラックスした気分になれる。たぶんたいていの人が〝もう無理！〟って思うところ、わたしはいつも心のなかでこう言ってるの。〝これこれ、これが欲しかったのよ〟って。水のなかにいるときは、ずっと笑ってる。思考のスイッチがオフになって、ただそこにいるだけ。頭をぜんぶ沈めて脳をすっかり冷やしてから水を出ると、それまで何を心配していたのか忘れているの。ああ、余計なものがぜんぶ出ていったんだなって実感できるわ」

けれど、ただ対症療法を見つけただけではないとドルテは言う。「じつは、すっかりよくなったような気がしているの。双極性障害の定義は、躁の状態が七日間以上続いて、うつの状態が二週間以上続くということになっているんだけど、いまのわたしは、うつ状態になっても、ビーチに行けばうまくしのげるとわかっているの」

彼女は、自分が抱えているリスクを軽くみたり、また病気がぶり返す可能性を低く見積もったりしているわけではない。ただ、とても効果的に症状をコントロールする方法を見つけたのだ。しかも、楽しく。

ドルテは、生まれてはじめて何もかもが楽に感じられるようになった。「いまは症状が出たら、心が風邪をひいているんだと思うことにしているの。必死になって闘うこともないし、元気なふりをする必要もない、我慢することもいらない。何日か休みをとって、また元気になるまで自分をいたわってあげる。予定をぜんぶキャンセルして、海に行って、きちんと栄養をとって、回復するのを待つの。やるべきことはわかっているわ」

つまり、ドルテは十年前には想像すらできなかったものを手に入れたということだ。「去年、またうつ症状が出たの。ビーチに行くときには、おいおい泣いていたのに、帰り道には元気になっていた。主治医にその話をしたら、そろそろ薬を減らしましょうと言われたわ。それですごく不安になったの。薬なしでうまくやれたことがなかったから。だけど、サポートを受けながらだんだんと減らしていったら、気分もよくなっていったの」いまはまったく薬をのんでいない。

「これですべてが終わったわけじゃない。まだほかの人と同じになったわけじゃない。ここまで長い道のりを歩いてきたなかで、冷水浴はわたしがやったことのひとつにすぎないし。ほかにも、糖分の摂取を減らしたり、ひとりになる時間をたっぷりとるようにしたり、散歩をたくさんしたり、誰にでもイエスと言うのをやめたり、いろいろしてきた。仕事の時間も減らしてきた。そういうことすべてがクッションになって、症状をやわらげてくれたんだと思う。そういうクッションをもっと増やしていきたいの。問題が起きて、クッションがぺしゃんこになっちゃったら、また一から作り直さなくちゃいけないから。心を健康に保つのって、フルタイムの仕事みたいなものね。でも、とっても充実しているわ」

新年からほどなくして、知らない名前ばかりのフェイスブックのグループに招待された。「キャサリンにぴったりのグループだと思うわ」というメッセージつきで。

スクロールして読んでいくと、どんな天候の下でも一年じゅう海で泳ごうというグループのようだった。招待された人たちは、ことごとく断りのメッセージを書き込んでいた。要約すると、だいたいこんな感じだ。〝まったくどうかしてるんじゃないの。夏だったら参加するかもしれないけど〟

けれど、わたしはこう返信した。〝ええ、喜んで！〟

マーゴ・セルビーとビーチで会ったのは、初雪が降った次の日だった。服の下に水着を着て海に行くと、日の当たらない場所にある消波ブロックには、まだわずかに雪が残っていた。

「来てくれてほんとうにうれしいわ」とマーゴが言った。「何度かひとりでやってみたんだけど、毎回勇気を奮い起こすのがたいへんで」

凍てついたビーチでは、ずいぶん控えめな表現に聞こえる。海藻は凍りつき、木の突堤は霜で真っ白だ。吐いた息が、不吉な白い雲になって目の前を漂っていく。意気地なさを見られる心配がなかったら、とっくに近くのカフェに入って、熱いココアを注文していただろう。

でも、わたしはここに踏みとどまる。ウェットスーツを握りしめ、泳ぐときにもポンポンつきのニット帽はかぶったままにしておこうかと考えながら。

「長く入っているつもりはないわ」わたしは言った。

「わたしもよ」とマーゴ。「いまのところ、三分が目標なの」

コートと服を脱ぐと、冷たい空気が素肌に噛みついてくる。どう考えても、正気の沙汰じゃない。泳ぐこともそうだけど、海に入ることにこだわっていること自体、どうかしている。

それでもなぜか、これはわたしに必要で、賢明なことだと思えてならない。ウェットスーツとシューズを身に着けた。ふと見ると、マーゴは水着のほかには黒いソックスみたいなものしか着けていない。

「ネオプレン素材で、厚さが五ミリあるのよ」マーゴはそう言って、手袋もはめる。ダイバーが使うようなタイプだ。「英仏海峡を泳いでいる女の人たちに話を聞いたの。そうしたら、先端部分を守らなきゃだめだって。つまり、その、凍傷にならないように」

凍傷のことはいったん忘れよう。水中にそんなに長くいるつもりはない。もう一度そう念を押して、凍てついた緑色の海に向き直る。ここに入っていくなんてあり得ない。それでもわたしたちは、意を決して海に入った。すねが濡れ、ももが濡れる。そして、思いきって肩まで水につかる。気がつくとふたりとも声をあげていた。悲鳴というのではない。水の冷たさに思わず息がもれ、それが歌のように細く長く続いている。遠慮も我慢もいらない。これは身体の自然な反応だ。

「息を吸って！」とマーゴに言われて、わたしは胸いっぱいに空気を吸いこんだ。平泳ぎで三かきだけして海を出よう。そう決めて泳ぎはじめる。一かき、二かき――だめだ、もう限界。

二かき半で足をつき、走って浜までたどり着き、タオルをかぶってうずくまった。海中にいたのは、たぶん四十五秒くらい。いや、時間の感覚が麻痺しているから、それよりずっと短かったかもしれない。

海に目をやると、マーゴが顔をあげて泳いでいる。真剣な表情で、頰をふくらませて。わたしはほっとしていた。海に入って、無事に戻ってこられた。いまになってみると、長く入っていられるかどうかは、単なる気持ちの問題だとわかる。

マーゴもすぐに出てきて、わたしの隣で身体を拭いた。わたしの肌は冷たさの名残でひりひりしている。「一回やって、こつがつかめた気がする」わたしは言った。「さっきはもう無理と思ったわ。でも、出たらすぐに、無理じゃなかったとわかった。また入りたくなった」

「じゃあ、明日も?」とマーゴ。

「ええ、明日も」

二日目は、スマホで時間を計ってみた。すると、低体温症で命を落とす心配さえ追いはらえば、五分近く入っていられることがわかった。

低体温症については調べて、急になるものではないとわかっていたので、妙に安心していた。身体が震えだしたらすぐ出るべきだというのは知っていたけれど、もう一度温かさを感じはじめたときにもやめるべきだとわかったのだ。つまり、冷たさを感じているかぎり、比較的安全だということ。

その日はもうひとつ学んだ。親指のつけ根の関節がやめ時のサインを送ってくれる。身体のなかでとりわけ肉の少ないこの部分は、冷たさを鋭い痛みとして感じる。水から出ると痛みはすぐに楽になる。

ウィスタブルでは、満潮の前後二時間しか泳ぐことができない。満潮から次の満潮までは十二時間半空くので、泳げる時間は毎日一時間ずつずれていく。初日の日曜日は十一時に泳いでいたのが、月曜日には正午になり、それから午後一時、二時、三時とずれていく。二月は日が短いので、じきに暗くなってから泳ぐことになってしまう。

だから、その週は毎日泳いで身体を慣れさせようと決めた。わたしは毎日ビーチに通って、温かく乾いていたいという本能と闘った。

その一週間で、わたしは冷たい水のなかで起こる身体の変化にしだいに慣れていった。海から上がったとたん、肌は真っ赤になる。ハインツのトマトスープのようなオレンジ色がかった色。その色がだんだん好きになってきた。これは、非日常に耐えたあかしだ。

身体が乾いて温まってくると、きまって震えがはじまる。嫌な感じはしない。身体が自分を温めようとしているのだ。こういうのは久しぶり。生きているという感じがしてくる。マーゴも同じように震えているから、怖いとは思わない。

要するに、わたしはわざと自分の身体を危険にさらして、また落ち着きを取りもどさせているのだ。こんなふうに、自分に活を入れて肉体の限界を試すのは気持ちよかった。なによりいいのは、そのあと何時間も血管を元気な血が駆けめぐって、すごい効果の点滴を受けたような感じになることだ。

四日目、わたしはウェットスーツを着るのをやめて、水着だけで海に入った。驚いたことにまったく問題なかった。心臓がぎゅっと縮こまりそうな最初の三十秒、呼吸を止めずに冷たさを素直に受け入れればいい、それがもうわかっていた。

五日目になると、十分間続けて入っていられるようになった。これほど早く慣れるとは思ってもいなかった。わたしたちは、肩を並べて灰色の海に浮かび、他愛のないおしゃべりを楽しんだ。

「すごいわね！」「ほんと、最高！」わたしたちは、日常から別の世界へと足を踏みいれた勇敢さに酔いしれていた。ビーチのあちら側には、ストレスと責任がうずまく町が見える。たとえそこから手が伸びてきたとしても、自分たちで築いたバリアが守ってくれる。少なくとも、ここにいるあいだは、誰もわたしたちに手出しはできない。手を出そうとも思わないだろう。

海岸で犬を散歩させている人たちが、立ちどまってこちらを指差し、あきれたように首を振っている。わたしたちは、勇敢にも一線を越えて、誰にも届かない輝かしい領域まで来たのだ。

あちこち試して、シーソルターのビーチが気に入った。民家から離れていて、高い防波堤で囲われている。だから、海から出て、水着を脱いで身体を拭くあいだ、裸でいてもだいじょうぶ。わたしの身体は、夏のビキニに耐えられるようなものではないけれど、冬、海に向かって肌をさらして、大いなる力の一部になったように感じることはできる。

冷たい水に入ると、快楽と報酬にかかわる脳内の神経伝達物質、ドーパミンの放出が二百五十パーセント増加することがわかっている。また、二〇〇〇年に発表されたシュラメクらによる研究では、定期的な寒中水泳は、緊張と疲労をやわらげ、ネガティブな記憶と気分を大幅に改善し、幸福感を向上させることがわかっている。つまり、気分がよくなったのは意外でもなんでもないのだ。

けれど、わたしは生理学的な効果以上のものも実感していた。気温が零度近い日に海に入ることは、小さな悩みなど吹き飛ばしてしまうような行為だ。負荷をかけることで、心身が強靭になっていく気がした。そのプロセスを何度もくり返すことで、前向きな気持ちになれたのだ。

ふだんは、なんでもひとりでするのが好きなほうだが、このチャレンジは仲間がいるからできるのだとつくづく思う。仲間がいると、少なくともさぼるのはむずかしくなる。わたしたちは、スケジュールを調整して、いっしょに泳げる時間を三十分ひねり出し、水着姿で鳥肌を立てながら、いったん水に入れば気持ちがいいよねとお互いを励ましあった。

ちょっと見にそうは見えないけれど、わたしたちのやっていることは信仰に近い。「一日のうち海に入っているときだけが、自分がいるべき場所にいると思えるの」ある午後、マーゴは言った。

冷水浴という極端な手段に出会ったことで、わたしたちは、いまや流行《はや》り文句のようになっている〝いまこの瞬間《ザ・モーメント》〟の住人になった。水のなかにいると、過去や未来に思いを巡らせたり、果てしない〝やることリスト〟にとらわれたりする暇はない。いまここにある自分の身体に気を配り、冷たさに乗っとられないように目を光らせていなければならない。

それだけではない。海の様子は毎日変わり、わたしたちを楽しませてくれる。あるときはさざ波が立ち、あるときはため池のように穏やかにないでいる。薄曇りの空の下では青みがかった灰色になり、雨雲の下では鈍色になる。晴れた日には、地中海のように澄んだブルーだ。

ときには、ユリカモメやセグロカモメが隣に来てぷかぷか浮かび、ウミウが急降下してくることもある。ミユビシギの群れが水面近くまでやってきては、さえずりながら飛び去っていくこともある。犬まで近くに泳いでくることもある。そういえば、どこかの犬がわたしのタオルをくわえて走り去るのを、なすすべもなく見送ったことがあったっけ。海の水も、絹のようになめらかに感じる日もあれば、泥のように重く感じられる日もある。満潮のときには、海が動きをとめているように感じる。ふたたび潮が引くまえにひと息ついているみたいに。潮が満ちてくると海水が塩辛くなり、引いてくると薄まることにも気づいた。川の水が薄めているのかもしれない。

しばらくすると、わたしたちの熱心な様子に惹きつけられて、ほかの人たちも加わるようになった。わたしたちはコーチ役になって、恐怖心に打ち克てとみんなを励まし、冷たくても息を止めないこと、親指が痛くなったら水から出ることを教えた。

海は人と人との距離を縮めてくれる。冷たい水に入り、ハイになると、みんな日常生活の悩みを問わず語りに口にするようになった。いっしょに泳ぎながら、お金や親や子どもに関する不安を互いに打ち明ける。挨拶も社交辞令も抜きで、海に入ったとたんにおしゃべりをはじめる。

みんなそれぞれ、冷たい水のなかで、ほんのわずかな時間、個人的な冬という重荷を下ろし、自分のいちばん暗くて弱い部分をさらけ出す。互いの名前もほとんど知らないままおしゃべりをし、海から上がれば服を着て、また日常に戻っていく。少し震え、血管のなかで血がはじけるあの感覚を味わいながら。水に入っているわずかな時間は、わたしたちが舌を緩めて、また口をつぐむのにちょうどいいひとときなのだ。

最初の一か月が終わるころ、ちょうど日が沈む時間にビーチでたき火をした。子どもたちをビーチで遊ばせて、わたしたちは身体を乾かす。ワインを飲んで、マシュマロをあぶっていると、見知らぬ人が話しかけてきた。「海に入っていたんですか？　水は冷たいですか？　とっても楽しそう。わたしも入れてもらっていいですか？」

わたしたちはにっこり笑って答えた。「大歓迎よ」

三月

サバイバル

アリやキリギリスやハチたちが生き物の営みを教えてくれる。
冬は人間たちに、人間らしさをもたらしてくれるのだと気づく。

子どものころ、光沢のある黄色いハードカバーのイソップ物語『アリとキリギリス』を持っていた。そこに出てくるお気楽なキリギリスは、冬に備えて食べ物を運ぶアリを眺めて夏を過ごしている。アリとちがってキリギリスは、のんびり日光浴をして、ギターをかき鳴らしている。

その本では、キリギリスはひとつの時代を象徴する存在、つまり仕事嫌いのヒッピーとして描かれていた。きっとわたしが生まれる十年ほどまえに、ドラッグにはまって社会からドロップアウトすることを戒めるために書かれたのだろう。

その本はもう手元にないけれど、記憶のなかでは、キリギリスはせっせと働くアリにからかいの言葉をかけていた。「おいおい、なんだってそんなに忙しくしているんだい。ちょっとくらい美しい夏を楽しんだらどうだ」

アリの答えがわかるのは、冬が来てからだ。キリギリスは飢え、向かい風にうずくまる。「賢者は娯楽などというくだらないものに費やす時間はない。サバイバルという仕事に従事するのみ」それが、アリの言いたかったことだ。

じつは、この本の内容は、オリジナルのイソップ物語をかなりふくらませてある。もとのバージョンは、残酷といえるほどあっさりしている。そこに夏のキリギリスは登場しない。場面はいきなり冬で、アリたちは夏に蓄えた穀物を乾燥させるのに忙しい。たまたま通りかかったキリギリスは、空腹のあまり、食べ物を分けてほしいと頼む。

十九世紀半ばに出版され、標準版とされるジョージ・ファイラー・タウンゼントの翻訳では、アリたちの返事はそっけない。

「どうして夏のあいだに食べ物を蓄えておかなかったんです？」

「そんな暇はなかったんだ。歌を歌うのに忙しくて」とキリギリスは答える。

「夏のあいだずっと歌っていたような愚か者なら、冬は夕食抜きで踊っていればいい」

子ども心にも、アリの態度はあまりにもひどいと感じたものだ。どう考えても道徳的に間違っている。いまでもそう思う。キリギリスのささやかな望みに対して、アリたちはあまりにも冷酷だ。学校で学んだキリスト教のチャリティ精神にまるで反している。

キリギリスは自らの本分を果たして歌っていただけ。アリもまた、自らの生物学的な使命をまっとうしていただけだ。キリギリスはちょっと失敗したと言えるかもしれない。でも、その失敗はくり返されないはず。

わたしはこんなふうにも思ったものだ。アリは生産的な取引をすることもできたはず。働いているあいだ、キリギリスに歌で楽しませてもらって、そのお礼に、冬、食べ物を分けてやればよかったのに。

大人になると、物語にもっとあからさまな悪意を感じるようになった。そもそも、キリギリスは冬を越す生き物ではない。冬を越すのは遺伝子だけで、それは卵のなかに残されている。つまり、アリたちは冬のあいだずっとキリギリスの面倒を見る必要はない。それなのに、死にかけている生き物の最後の望みを断ったのだ。

イソップはそれを知っていたのだろうか。ひょっとすると、この話は、冬にはキリギリスがいなくなることの説明として作られたのだろうか。だとすれば、わたしたちは一匹のキリギリスの望みが断たれたことが、生態系全体に影響を及ぼしたという、スケールの大きな話を見せられていることになる。

どちらにしても、アリは聖人ぶっているけれどじつに意地悪だ。虐殺者と言ってもいい。冗談は抜きにしても、アリたちの態度からはさまざまなことが透けて見える。アリ的な発想は、ヴィクトリア時代の遺物などではなく、現代の多くの政治家の態度に通じるものだ。

彼らにとって、キリギリスはどこにでもいるホームレスだ。福祉にたかる怠け者で、なけなしの金を無駄づかいする道楽者。世の中のルールを無視するならず者や詐欺師や犯罪者だ。公営住宅に入るためだけに子どもを産み、国から産休手当をもらって働かない母親たちだ。仕事につかずぶらぶらしている若者や、成人しても実家から巣立とうとしない子どもたち。パパ・ママ銀行に頼っておしゃれな生活を謳歌するミレニアル世代。経済移民や難民、気楽に生きるフリーターや旅行者たちだ。

こうした不特定多数の人たちがノックするのが、生活のためにこつこつ働き、自立しているまじめな人たちの家のドアだ。

キリギリスは、現代社会にはびこるこうした厄介者を象徴している。具体的にどんな人たちかは、彼らを脅威に思う人の世代や、社会階級、住む地域によって変わってくる。

それにひきかえ、アリのタイプは固定している。万一に備えて貯金をし、他人を頼ったりせずに、自活する、まじめでまっとうな市民。手本にすべき姿ではあるけれど、人間が長い歴史のなかで目指しては何度も失敗してきた姿でもある。

人間はアリにはなれない、少なくとも全員は。みんながアリならいいのに、きちんと先のことを考える責任感のある人ばかりならいいのに。この世にキリギリスなんていなくなってしまえばいいのに。

でも、それは単なる願望でしかない。

願望はもうひとつある。自分が毎年、キリギリスでなくアリでいたいという願望だ。常に生活が安定していて、幸福で、先が見通せていればいいのに。

でもじっさいには、わたしたちにはアリの年もあれば、キリギリスの年もある。準備をして蓄えられる年もあれば、多少の援助が必要な年もある。

わたしたちの失敗は、不遇の年に備えてじゅうぶんな蓄えができないことではない。ほんとうの失敗とは、キリギリスの年は自分だけに訪れた例外で、自分がそれを招いたのだと思いこむことだ。

話は九月にさかのぼる。わたしは、執筆のために使っているアトリエの裏手を散歩していた。じっさいには、その古い農家をアトリエとして使っているのは絵描きやイラストレーターたちで、わたしはそこにある棚板一枚を借りているだけだ。わたしには、ノートパソコンが置けるだけのスペースがあればじゅうぶん。

どちらにしても、執筆しているよりも散歩をしていることのほうが多かった。農場を抜けて牧草地に入ると、ノース・ダウンズ・ウェイの遊歩道に出る。その気になれば一時間でカンタベリーまで歩いていくことができる。逆の方向に行けば、小さなパブが何軒か並んでいて、しばらくそこにすわって、構想を練っているふりをすることもできる。

でもほとんどの場合は、ちょっと外の空気を吸ってから、またパソコンの前に戻る。農場は大部分がリンゴの木が連なる果樹園で、その日もそこに向かった。出荷を待つ木箱の山を通り過ぎ、背の高い草むらを抜ける。セリ科の植物は、すっかり花を落として、茎の残骸だけが残っている。ここには午後にならないと日光が届かないので、まだたっぷりと残った露が、クモの巣を飾り、リンゴをつややかに見せていた。

わたしはミツバチの巣箱を目指した。お気に入りの散歩の目的地だ。夏のあいだじゅう、ミツバチの羽音を聞き、忙しそうに働く姿を眺めて楽しんでいた。

でも、その日は様子がちがった。巣箱に新聞紙が挟まれて、上と下とに分かれている。ミツバチはワイヤーでつり下げられたように、同じ高さで巣箱のまわりを浮かび、甲高い羽音を立てている。ほかのハチたちは新聞紙の上に群がり、巣箱とのすき間を調べている。好奇心に駆られているのは明らかだ。わたしも同じだった。ミツバチの巣に新聞紙を挟んで、いったい何をしているのだろう。

ツイッターでつぶやいてみると、わたし以外の誰もが答えを知っているようだった。ハチの飼い主が、ふたつの巣を合わせて、女王バチが死にかけていて冬を越せそうにない弱い群れから、元気なハチを救いだそうとしているのだという。新聞紙を挟むと、元気なハチたちはいさかいを起こすことなく、別の女王の群れに合流する。

仕組みはこうだ。弱っているほうのハチの巣を、あいだに新聞紙を挟んで元気な巣の上に載せる。すると、ハチたちはお互いのにおいを嗅いで、紙をかじって破ろうとする。けれどもその作業が終わるころには、弱い巣のハチたちは新しい女王バチのにおいを感知して、戦う気力をなくしている。ハチの飼い主がふたたび巣箱を開けるころには、新聞紙は周囲の部分以外すべて破られて、ふたつの集団は仲良くいっしょに暮らしている。

けれど、わたしがいちばん興味を引かれたのは、アル・ウォーレンという人のコメントだった。とても熱心な養蜂家で、地元の小学校に巣箱を三つ預けて、子どもたちにハチのことを教えているのだという。

彼はこうコメントしていた。「ぼくはわざわざ新聞紙を挟んだりしないけどね。ミツバチは自分たちで冬を乗り切る方法をちゃんと知ってるよ。彼らは越冬のプロなんだ」

後日、彼はこんなことを語ってくれた。「ハチを個別の存在として扱ってはいけない。ハチの群れは、一体となって行動するひとつの超個体なんだ」

ハチは暑い時期に花から花へと飛びまわる夏の昆虫だと思われがちだけど、じつはハチの脳裏にあるのは真逆の季節だ。つまり、ハチの行動のほとんどが、群れとして冬を生きのびるためのものなのだ。一年の半分を冬の準備に費やし、残りの半分を冬のなかで過ごす。そして四月になると、巣から外に出て、また同じことをくり返す。

ひとつの群れは、三万匹から四万匹のミツバチで構成されている。一匹の女王バチに、数百匹のオスバチ、何万匹ものメスの働きバチ、それに加えてさらに多くの卵と幼虫がいる。オスバチのたったひとつの役目は、女王バチが若いときに交尾することで、女王バチはそのときにためこんだ何百万もの精子を使って、一日に約二千個の卵を産む。

それ以外の仕事はすべて働きバチが担い、生涯のそれぞれの段階で決められた役割を果たす。若いときには巣を掃除し、それを卒業するとほかの任務へと移っていく。経験と消耗の度合によって、幼虫や若いハチの面倒を見たり、女王バチの世話をしたり、六角形の巣房に蜜を蓄えたり、新しい巣房のための蜜蝋を作ったり、蜂蜜そのものを作ったり、外敵から巣を守ったり。

生涯で最後の役目は、食料を集めにいくことだ。というのも、これがいちばん危険な仕事で、使い捨ての年寄りバチが充てられるから。つまり、日頃わたしたちが目にしているのは、年寄りのハチばかりということになる。危険な任務に駆りだされ、炭水化物のために花蜜を、たんぱく質のために花粉を集めている。

アルの話では、刺されたときの痛みでハチの年齢がわかるそうだ。歳をとったハチの毒はずっと強い。彼らが負っているリスクを考えれば、当然だろう。

ミツバチがこれほど見事に連携して働くのは、それぞれの個体が、ひとつの大きな生命体の細胞のようにふるまうからだとアルは言う。「ぼくたちの身体は、生きていくために必要なことをぜんぶ自動でやってくれる。同じことが、ハチの巣のなかでも起こっている。群れは一個体として自分を生かし続けているんだ」

それを可能にするのが、フェロモンや振動や接触によるコミュニケーションだ。これによって個々のハチは、群れの必要に応じた行動をとれるようになる。すべてが自動的に行われる。エンジンは勝手に回り続け、止まることはまずない。

冬に向けて炭水化物源を確保しておくために、ミツバチは蜂蜜を作る。巣に戻ったときに、すべての巣房が蜂蜜でいっぱいなら、ハチは体内から蜜蝋を分泌して、すぐに新しい巣房を作る。巣のなかのことは、一分の隙もなく計画され運営されている。たとえば、育児バチが死ぬと、幼虫は成虫の役目をひと段階あと戻りさせるフェロモンを出し、育児係はすぐに補充される。

よく、ミツバチは優れたマネジメントの見本のようにたとえられるが、じっさいはそれどころではない。アルは言う。「人が指を切ってしまったら、新しい細胞が作られて傷が治るだろ。ミツバチはその細胞と同じことをやっているんだ」

計りしれないほどの数のミツバチによる、この途方もない集団作業。そのすべては冬に向けられたものだ。これほどの大所帯で冬を乗り切ろうとするミツバチは、ハチの世界のなかでも特異な存在だ。

たとえば、マルハナバチは夏のあいだにおよそ五百個の巣を作るけれど、冬にはその数が一気に減る。何匹かの新しい女王バチは交尾を終えると、地中の穴のような安全な場所で冬眠する。あとのメンバーは、かつての女王バチも含めてみんな死んでしまう。春になると、新しい巣が一から作られ、女王バチはそこに卵を産む。

一方、ミツバチはできるだけ多くのメンバーを残して冬を乗り切ろうとする。そのため、春に最初の花が咲くとすぐに蜂蜜の大量生産にとりかかる。やがて秋になると、用済みになった繁殖用のオスバチが犠牲になる。女王バチはすでに卵を産むのをやめていて、群れには彼らを養っておく余裕がない。オスバチたちは働きバチに追い出され、拒めば刺されて死ぬ。そのころには、働きバチの多くも疲労のために死んでしまう。それだけ数が減った状態でも、群れはまだ数えきれないほどの生命を維持しなければならない。そこで、ミツバチは巣の温度を保つための独創的な方法を編みだした。

ミツバチは羽と飛翔筋のつながりを断つことができる。車のギアをニュートラルにするようなものだ。そして、筋肉の動きを速めて、ヒーターバチになる。冬には巣箱の奥深くにヒーターバチが集まって、小さなラジエーターの役割を果たすことで熱を保つ。冷血生物でありながら、体温が人間より七度も高い四十五度まで上がることもあるという。

そんなわけで、どれほど寒い日でも、ハチの巣の中心部の温度は三十五度に保たれている。ヒーターバチが疲れると、別のハチに交替する。こうやって、超個体は春まで維持される。すべての過程で、燃料の役割を果たすのが蜂蜜だ。

いま、わたしはこうしてハチについて書きながらも、注意深く自制している。ミツバチの行動を人間にたとえて、きびきびした働きぶりはわたしたちにとってのよき手本だなどと言ってしまいそうになるからだ。ついペンを滑らせて、〝ミツバチの勤勉さを見習おう〟などという陳腐な表現を使ってしまいそうになる。

ハチの巣の効率のよさを手放しで賞賛するまえに、ミツバチの実態をよく知っておかなくてはならない。ハチたちはたしかに驚くべき存在だ。完璧な分業と、群れを存続させようという真摯な意志は感動的ですらある。

一方で、その生活は情け容赦のない効率性に支配されている。冬のさなか、わたしのお気に入りの巣箱のまわりには、ミツバチの死骸が散らばっていた。食料を集める危険な任務を負わされて、使い捨てにされたハチたちや、役目を終えてお払い箱になったハチたちだ。

わたしたちは、アリやハチを目指す必要はない。彼らをお手本にしなくても、その複雑なサバイバルのシステムからは、驚くべきことがじゅうぶんに学べる。

わたしたちは、役に立たなくなれば捨てられる歯車ではない。固定された役割を与えられるわけでも、生きているあいだずっと、社会全体の役に立つわけでもない。

ハチの群れは複雑だと言うけれど、人間の社会はそれよりもずっと複雑にできている。

人はさまざまな選択と過ちを経験し、輝かしい栄光を味わうときもあれば、失意の底に沈むときもある。社会のためにめざましい貢献をする人もいれば、世界の片隅で機械の歯車のひとつとしてこつこつと働き、小さな成果を積み重ねていく人もいる。どちらも大切だ。そのどれもが、わたしたちが暮らす社会という大きな布を織りあげているのだ。

ハチの巣のような社会にいたら、一度でも冬の時期を経験すると、巣から追い出されてしまうだろう。それが、社会全体の利益だから。でも、わたしたちはそんな社会に生きてはいない。

そして、ミツバチは二度と巣に戻れないけれど、人間にはそれができる。

ときには自分を世の中のお荷物のように感じて、何年間もくすぶることがあるかもしれないけれど、必ずまた戻ってこられる。そして復活したときには、以前よりも多くのものを与えられる存在になっている。知恵と思いやりを身につけ、自分を本質まで掘り下げて、ほんとうに大切なものを見つける能力を磨いている。

〝役に立つ〟という概念そのものが、人間にとっては役に立たない。わたしたちは、役に立つかどうかという観点で他人のことを見ているわけではない。

人は、世話をする楽しみのためだけにペットを飼う。餌を与え、うんちをすくって小さなビニール袋に入れ、癒やされると言ってはばからない。わたしたちはいちばん役に立たない人たち、つまり赤ん坊や子どもに愛情を注ぐ。将来役に立つことを期待しているのではなく、世話をし、愛情を与えることに喜びを感じる。

家族やコミュニティのなかでいちばん役に立たないメンバーが、絆を深めてくれる。そうやって人間はここまでやってきた。冬は社会の接着剤なのだ。

もちろん、アリが完全に間違っているわけではない。たしかに、冬に対する備えは必要だし、将来何があってもいいように準備しておければ安心だ。わたしたちは、子どものころから貯金をするよう教えられてきた。

でも、最近では、先のことまで考えられない人も多い。それに、少しくらいの蓄えがあっても、いざというときにはほとんど役に立たない。わたしの貯金は、ひどいつわりで仕事ができなくなったときに一瞬で消えてしまった。出産後は、保育費がわたしの稼ぎより高くついた。たいそうなことではない、ごくふつうの保育だ。現代人の生活の余裕はあまりにも少ない。

分相応の生活をすればいい、こう言われて思うのは、それならわたしは空き地にトレーラーハウスを置いて暮らすべきか、ということだ。

思うに、ほとんどの人に余裕のあるときとないときがある。そして近ごろますます、余裕のあるときが、余裕のないときの借りを返すための時期になってしまっている。「いつもお金のことばっかり考えなくちゃいけない」ため息まじりに友人が言う。

冬には、食料を蓄えておく以外にも仕事はたくさんある。巣のなかに閉じこめられ、寒風が吹きすさぶなか、わたしたちは冬の仕事に引き入れられる。手を動かすこと以外、できることは何もない。冬は静かにものを作る時期だ。編み物や縫い物をしたり、料理をしたり、家の修繕をしたり。

気持ちのいい夏には、誰もが外に出て活動的に過ごしたくなる。そして冬になると、家のなかへと舞い戻る。そこで向きあうのが、夏のあいだ忙しすぎて手をつけられなかったものたちだ。冬は本棚を整理するときであり、まだ読んでいない本をぜんぶ読むとき、そして何度も読んだ本をまた手に取って、懐かしい物語と再会するときでもある。

夏には、ガーデンチェアやビーチの消波ブロックにすわって、軽い小説をどんどん読んでいく。冬には、重厚な小説を手に取り、ランプの明かりの下でゆっくり味わう。そして心に栄養をつける。

冬のわが家は図書館だ。積みあげられた本が静かにささやきかけ、古いページからはかすかにほこりのにおいがする。何時間でもページと向きあって、かつて半分しか理解できなかった内容や、歴史の一部始終をじっくり探究することができる。ほかに行くところがないのだから。冬にはたっぷりの時間がある。シルヴィア・プラスが『冬ごもり』という詩に書いているように〝するべきことは何もない〟。プラスは〝蜜搾り器をまわして〟蜂蜜を集める。そして、ミツバチたちが乗り切れるだろうかと考える。

女子高校生なら誰でも知っているように、プラスは冬を乗り切れなかった。『冬ごもり』を書いたのは人生の終末に向かうころで、この詩は、詩集『エアリアル』の草稿では最後に置かれていた。これは、愛と絶望、希望と喪失がちりばめられた、プラスの記念碑的な詩集で、彼女の自殺後に夫のテッド・ヒューズが再編集して出版している。

冬の底にいるとき、プラスは仕事を通して生きる道を模索していたように思える。女性の仕事、家で静かに手を動かす仕事だ。〝冬は女のためのもの〟――『冬ごもり』のなかでプラスはそう語っている。冬こそ女性の手仕事が真価を発揮するときだと言いたかったのではないだろうか。もうひとつ、女性には冬を生きのびる力があると言いたかったのかもしれない。プラスにも、もっと手を動かせる仕事があればよかったのにとつくづく思う。

冬の手仕事についてプラスが感じていたことは正しい。二〇〇七年、ハーバード・メディカル・スクールの研究で、編み物にはヨガと同じくらい血圧を下げ、セロトニンの分泌によって、慢性痛を緩和する効果があることがわかった。

二〇一八年には、慈善団体の〈ニット・フォー・ピース〉が手仕事の効用について調査すると、メンバーはさまざまな健康上の効果を感じていた。認知機能の維持や、禁煙の継続、高齢者の孤独をやわらげる効果など多岐にわたる。

自分の冬をなんとか切り抜けようとしているあいだ、わたしは何年かぶりにいくつか帽子を編みあげた。ちょっぴり不格好なその帽子には、落とした編み目が名誉のしるしのように残っている。

手を動かして何かを作るのは気持ちがいいものだ。できたものが人に自慢できるようなものでなくても。無心に編んでいると、自分がなめらかで正確に動く機械の一部になったような気がしてくる。

編み棒を動かしながら考える。いつか自分でミツバチを飼おう。蜂蜜を集めて瓶に詰め、冬のさなかに庭に出て巣箱の様子を見に行くのだ。なかから聞こえてくる生命の羽音に耳をすませるために。

歌

子どもを産んだあと突然出なくなった声もやがて回復した。コマドリは、脂肪を蓄えておいて真冬にも歌うのだ。

冬のいちばん寒い時期に、コマドリは歌いはじめる。一月、うちの庭にも一羽やってきた。月桂樹の横のフェンスにちょこんととまって、頭をかしげ、利発そうな小さな目でわたしのほうをじっと見ている。胸元は鮮やかなオレンジ色で、冬枯れの庭のくすんだ緑と茶色のなかで、ベリーのように輝いて見える。

隣の庭から、わたしが何をしているのか見に来たらしい。うちでは鳥の餌づけはしていない。猫が三匹もいて、餌をやるのは罠を仕掛けることになりかねないから。それでも、お隣さんが庭に吊るした餌台から、ときおりアオガラやゴシキヒワが迷いこんでくる。うちも同じくらい気前がいいことを期待しているのだろう。

でも、このコマドリは、ただ挨拶のためだけに来てくれたようだ。

コマドリは、鳥たちのなかではいちばん人なつこい。庭仕事をしているすぐそばまでやってきて、土から掘り出される虫にありつこうとする。ほかの鳥にくらべると、人間は危害よりも餌を与えてくれる可能性のほうが高いとわかっているみたいだ。それだけでなく、人間に並々ならぬ興味があるようで、〝何をしているの〟と尋ねるように小首をかしげてこちらを見ている。コマドリと人間が長年にわたる友情を育んだというエピソードは、昔からよくある。でも、その多くが勘違いだという話も聞く。コマドリはみんな人なつこく、見た目が同じだからだ。

それでも、じっさいに庭に来るコマドリを時間をかけて飼いならしたという人もたくさんいる。俳優のマッケンジー・クルックもそのひとりで、ウィンター・ジョージと名づけたコマドリと暮らしている。「彼は平気で家のなかに入ってくる」二〇一七年、クルックはテレグラフ紙にこう書いている。「肩にとまって、ぼくが料理をしていると大声で話しかけてくる。頭がよくて、人をまったく怖がらない」

クルックは庭仕事をしながら、ゆっくりとコマドリを馴らしていった。最初は土から出てきた虫を投げてやり、徐々に手から食べるように仕向けていった。それができるようになると、ペットショップで生餌を買ってきて、家の裏口まで来るように誘った。ウィンター・ジョージは、いまでは家族のような存在になり、庭で何度も子育てをしているという。

残念ながら、わたしはコマドリとは友達になったことがない。でも、鳥世界のチアリーダーのような存在だと思っている。落ち込んでいるときに現れて、世界にまだ魔法の力が残っていることを思いださせてくれ、前に進む勇気を与えてくれる。

わたしは以前、よくウィスタブルとカンタベリーのあいだの長い距離を走っていた(少なくとも走ろうとしていた)。

途中にきつい上り坂があって、ふらふらになりながら、何度も木の下に倒れこみそうになったものだ。ペースを落とし、なんだってこんなことをしているんだろうと考えていると、きまって一羽のコマドリが目の前の道に現れた。がんばれと励ますように。

わたしはあえぎながら、「ハロー、また会えたね」と笑いかけたものだ。それは、あきらめずに前に進めというサインにちがいなかった。コマドリは木々の枝を飛び移り、折り返して家に向かうときまでわたしを見守っていてくれた。

コマドリは、ヴィクトリア時代にクリスマスカードのモチーフとして人気を博し、一気に冬を代表する鳥になった。これにはちょっとしたしゃれも入っていたかもしれない。カードを配達する郵便配達員は、赤い上着を着ていて〝コマドリ〟と呼ばれていたから。

コマドリは古くからキリストの生誕と関連づけられてもいるので、そちらのほうがカードに描かれるゆえんだろう。

ある寓話で、コマドリの胸が赤くなった理由はこんなふうに伝えられる。コマドリが幼子イエスの誕生を祝福しに訪れると、たき火が危険なほど高く燃え盛っていた。コマドリはとっさに幼子と火のあいだに入り、盾になった。そのときに胸が焼けて赤くなり、それが子孫にも受け継がれたのだという。

もちろん、もっとわかりやすい理由もあり得る。ごくシンプルに、ほかの鳥のいないクリスマス・シーズンによく見られるからだ。コマドリは渡り鳥ではないし、鮮やかな羽毛と人なつこさのせいで、ほかの鳥よりも目につきやすい。それに加えて、コマドリは真冬にも歌を歌う。冬に鳴く鳥はほかにもいるけれど、たいていは敵を警戒して、身を守るのが目的だ。でもコマドリは、繁殖期にはまだ早い冬のいちばん寒い時期から、複雑な歌をたっぷりと歌いあげる。ブリストル大学のジョン・マクナマラによる二〇〇二年の研究では、コマドリは昼の時間が長くなりだすとすぐに鳴きはじめ、エネルギーがじゅうぶんにあることを周囲に知らせるのだという。

餌をたっぷり食べて冬を乗り切れるだけの脂肪を蓄え、さらにそれを維持できるような栄養源を見つけたコマドリは、それをアピールするために歌を歌う。それも、メスが反応する繁殖期のずっとまえから。

コマドリが冬に歌うのは、歌う余裕があるからで、そのことを広く世の中に——とくにメスのコマドリに知ってもらいたいからだ。同時に、彼らはやがて訪れる幸せな季節に向けての予行演習をしている。

息子が生まれて一年経ったころ、わたしは声が出なくなった。話そうとしても、細く震えた蚊の鳴くような声しか出ないのだ。しゃべっているうちに声がかすれ、壊れたマイクのようにぷつぷつ途切れてしまう。咳払いをしてもなおらず、そのうち音のない口笛のようになってしまう。そうなるともう、唾をのんでも、水を飲んでもどうにもならない。

これまでの人生、話すことでなんとかやってきたのに、その声をとつぜんあてにできなくなってしまった。会話の途中で言葉が途切れてしまうのだ。

家族や友人と話すときには、ボディランゲージに頼った。仕事での会話では、風邪をひいて声が出ないのだと言い訳をした。どうしてそんな嘘をついてしまうのかわからない。たぶん、いまだけ役に立たないと思われるほうが、ずっと役に立たないと思われるよりはいいと思ったからだろう。

知らない人が大勢いる場では、始終口をつぐんでいた。何か話したとしても、どうせ途中で声が出なくなってしまう。それならはじめから黙っていたほうがいい。かすれた声で要領を得ない話をして、みんなをしらけさせるのが怖かった。

一年半を母親として過ごしてきたわたしは、声が出なくなったことを、象徴的なことだと感じた。子どもがまだ話せない乳児期には、母親もほとんどしゃべらない。身振り手振りと、幼児番組のBGMがあるだけの生活。夜に夫が帰ってきても、小さな声で話すだけ。

思うに、母親になるということは、人から見えない存在になることではないだろうか。叱られるときだけは、見えるようになるらしかったけど。バスのなかでベビーカーをたたまない（赤ちゃんを抱えているのにどうやって？）だとか、歩道で場所を取りすぎているだとか。

そして自分でも、自分が嫌になってくる。たるんでしまったお腹にも、人口過剰な世界にまた一人増やしてしまったことにも。家にいると仕事をしていないことに焦り、職場に行くと母親としての務めを果たしていないように感じる。どちらを選んでも自分をだめな人間だと思ってしまう。

当時は、もう誰もわたしの話なんて聞いてくれないと思っていた。話すべき大事なことは、マザーズバッグに詰めこまれた、おむつやおやつやウェットティッシュや着替えの下でぺちゃんこになってしまっていた。そんなときに声まで消えてしまったのは、ひどく残酷に思えたけれど、状況にぴったりだと言えなくもなかった。

ショックだったのは、歌えなくなったこと。

歌うことを生業《なりわい》にしているわけではないし、歌手を目指していたこともない。だけど、歌にはずっと支えられてきた。子どものころは車のなかでよく母とハモっていたし、料理をするときはいつもラジオに合わせて歌っていた。学生時代はコーラスを楽しんだ。大勢でいっしょに歌うことには、自分を解き放ち、より大きなものにとけ込ませてくれる魔法の力がある。そして、昔もいまもわたしのストレス解消法は、ひとりで車を運転しながら、音楽に合わせて大声で歌うことだ。

それなのに、歌うにはあまりにも弱々しい声になってしまった。なんとかかすれたりしわがれたりせずに、数小節歌えたとしても、以前のような響きも声量もない。喉の奥から声を絞りだしているだけ。おまけに、音程もうまくとれない。ことさらむずかしい曲でなくても、見事に調子はずれになってしまう。

歌えなくなることは、わたしにとって魂の一部を失うようなものだった。病院で検査しても、原因はわからなかった。鼻から内視鏡を入れて喉の奥まで見てもらったけれど、ポリープも炎症も見つからなかった。治療法は何もない。

わたしは、ただ声を失った。それは、世界のなかでわたしなど取るに足りない存在だという気持ちにさせた、ほかのたくさんのことと並行して起きた。

そんなとき、友人が歌のレッスンを勧めてくれた。わたしは、そんなに大げさなことじゃないと笑いとばした。人前で歌うわけじゃないんだから、そこまでする必要はない。

でも彼女は、歌うことが目的ではないと言う。ちゃんとしたボイストレーナーなら、声を出せるように指導してくれるし、そのあともきちんとケアしてくれる。あなたは声を使って仕事をしているんだから、プロの歌い手と同じようにするべきよ。あきらめちゃだめ。

そんなものかしら、とわたしは思った。でもたしかに、歌の先生と、ピアノや譜面台のある静かな部屋で一時間を過ごすというのは悪くないかも。どんなスパに通うより、ぜいたくな時間が過ごせそう。

思いきってメールを送ってみた。歌うことが目的ではなく、また話せるようになりたいだけなんですけど……。驚いたことにすぐに返信が来た。先生は、わたしの考えを理にかなっていると認めつつも、歌は歌ってもらうと明言していた。わたしはやってみようと思った。こうして、レッスンの日取りが決まった。

レッスンを受けると決めたものの、ほんとうに歌えるのか自信がなかった。きちんと声を出すことも、音程をキープすることもできないのに、のこのことプロの歌い手が技術を磨きにいくようなところに出かけるなんて。

レッスン初日、案の定声はかすれてひっくり返った。やはり、こんな小ぎれいなリビングルームなんかじゃなく、クリニックに行くべきだったのだ。口はからからに乾き、恥ずかしさにカーテンのうしろに隠れてしまいたいほどだった。

ボイストレーナーのフィリップ先生は、実際的な人だった。レッスンは、立ち方や呼吸の仕方といった基本的なことからはじまった。わたしは冗談を言ってみた。わたし、立ったことも呼吸をしたこともあるはずなんですけど(先生は同じジョークを百万回は聞いているだろう)。でも、ほんとうにそうだろうか。きちんと立って呼吸することは、この世界に居場所のある、ちゃんとした大人のすることなのでは。

それで、まずしっかり立って、肺のなかに空気を取りこむ方法を教わった。それからいよいよ発声の練習だ。フィリップがピアノでドの音を弾き、わたしはそれに合わせて声を出した。すぐにはずれてしまった。

「こんな調子なんです」わたしは言った。レッスンをする意味がほんとうにあるんだろうか。

「シの音でやってみよう」とフィリップ。

シの音は出せた。歌というよりかすれ声に近かったけれど、音程ははずさなかった。ラの音も出た。そこからひとつずつ音階を下げていって、もう一度上げていくとドの音も出せた。それで、レッスンはラの音からはじめることになった。そこからドの音まで上げていく。走り幅跳びの助走のようなものだ。

それからの数週間、わたしはレッスンに励んだ。自慢だった声量と音程を取りもどし、きちんと歌えるようになりたかった。喉の筋肉を使い、声を奥のほうから見えない糸で引っ張りだしてくるようなつもりで発声することや、水が流れるようになめらかに音をつなげて歌うことを学んだ。

レッスンが終わると、喉が緩んで、少し肺が広がったように感じた。まわりの空気を吸いこむことで、内向きに縮こまっていた身体が解放されたような気がした。

何度目かのレッスンで、ふだんの生活でどんなふうに声を使っているのか尋ねられた。じっさい、わたしは一日じゅうしゃべっていた。朝は家族とあわただしく会話を交わし、職場では常に、声を使って存在を主張していた。

文芸創作コースの教務主任として、わたしの声にはいくつもの仕事があった。教室では生徒の興味とやる気を引きだす仕事。プライベートな研究室では励ましと慰めを与える仕事。大学という確固たる組織を相手に、同じくらい確固たる権限を獲得する仕事。そんな仕事の合間に、廊下や学食で愛想よくするという仕事もある。会釈や手を振るだけではすまない。

しゃべっていないときも大量のメールの処理に追われ、わかりやすく丁寧に返信しようといつも歯を食いしばっていた。まるでつけっぱなしの電球のように常にスイッチが入っていた。こん棒のように声を振りまわして、人に自分の話を聞かせようとしていた。

「自分の作品を朗読することはある?」とフィリップが訊いた。

「ええ、ときどきは。最近は以前ほどじゃないけど」この答えには、幾重にも真実が織り込まれている。ひとつは、もう誰からも頼まれないということ。もうひとつは、もうあまり注目されることを楽しめなくなっていること。そして、自分の作品にそれほど自信を持てなくなっているということ。

それでも、わたしは一日じゅう、ほかの人が書いたものを読みあげて、学生たちにインスピレーションを与えようとしている。うまくいかないこともある。学生たちの頭は、すでに悩みや考えでいっぱいなのだ。教えるわたしが、憂鬱そうな顔や、やる気のない態度で教室に入っていくことはできない。個人的な感情は棚上げして、全エネルギーを学生のために捧げなくては。学生が怠けているとか、礼儀を知らないだとか、生意気だなどと考える、ひと昔まえの教師のようなぜいたくは許されない。学生たちはそれぞれにつらさや不安、仕事や家族といった重荷を背負っている。それをわかってやらなくては。

教室では、意欲をかきたてるよう精いっぱい授業を盛り上げる。彼らの将来に横たわる苦難、それをやわらげるのに少しでも役立つことを学んでほしいから。そんなとき、わたしの声はじょうごのようなものになる。思いをすべて詰めこんで、よどみない言葉の流れにして学生たちに行き渡らせる道具になる。

「『ミルクウッドのもとに』は知ってるかい？」とフィリップが訊いてくる。偶然にも、学生の論文のサポートをするために、買ったばかりの一冊が職場のデスクに置いてあると答えた。家に帰れば、夫のレコード・コレクションの山のどこかに、わたしの買った朗読のレコードがあるはずだ。ディラン・トマスの戯曲の豊かな抑揚と毒のあるユーモアを、俳優のリチャード・バートンが魅力たっぷりに表現している。

フィリップが自分の持っている一冊を開いて、譜面台に置いた。「最初のページを読んでみて」読みだすと、また声がふらつく。〝春、小さな町の月のない夜、星もなく、聖書のような深い闇のなか、石畳の通りは静まり……〟この長くとりとめのない文章に、うまく呼吸を合わせることができない。内容は理解できるのに、声に出して読んでみると、言葉を習いはじめたばかりの子どものようにたどたどしい。声がハンマーのようにあちこちの音節を叩き、跳ねかえってはぎこちなく次の音節に移っていく。まったくスムーズに進まない。

〝あっけにとられた町はいまや静まりかえり、人々はみな眠りについて……〟そこまで読んだところで、フィリップがストップをかけた。

「よく聞いて」そう言って、彼が読みはじめると、声はアクセントのある音節の上でだけやさしく跳ね、言葉は打ち寄せる波のように自然に次の言葉を追っていく。「歌うつもりで読んでみて。ゆっくりやればいい。言葉に立ち向かうんじゃなく、寄りそうような気持ちでね」

もう一度読んでみた。すっかり自信を失い、いっそうおずおずと。朗読の仕方は、じゅうぶんわかっているつもりだった。それなのに、これほど穏やかで流れるような文章を、さっきは台無しにしてしまった。文章を征服しようとして、逆に自分が征服されてしまっていた。ひと呼吸ついてもう一度はじめる。〝春、小さな町の……〟

今度はゆっくり読んだので、さっきより意味が頭に入ってきた。それでもまだ、自分の脳と、呼吸と、とらえどころのない文章が、三つどもえの闘いをしているような気がした。

いまの自分の欠点のすべてがあらわにされているような気がした。わたしは置かれた状況にがむしゃらに立ち向かうばかりで、そこに溶けこもうとしていなかった。歌のレッスンでも、それ以外の場面でも、ゆったりとしたペースで声を出すことができずにいたのだ。

「ウェールズ語の長い母音を意識してみて」そうアドバイスされて、少しよくなる。声を音楽のように使うことではじめて、耳を傾けさせることができると気づく。

わたしの声は自信とともに失われていた。声を復活させることは、社会のなかに自分の存在を、ふたたび主張することだ。さっき、つい早口になっていたのは、早く言わなければ、言いたいことが言えなくなると焦っていたからなのだ。

わたしの声は、これまでいくつもの変遷を経てきた。子どものころは〝きちんとした話し方〟をするとほめられ、地元の子たちをまねて〝t〟を発音しないと叱られた。八歳のときに公営団地に引っ越すと、気どっているとからかわれたので、みんなと同じような話し方をしようとした。けれど、家に帰るとすぐに直された。そんなふうに、家と学校とで話し方を変えてきた。

小学校を卒業して進学したグラマー・スクールで、わたしの声はまた変化した。そこは、医者や弁護士を親に持つ女の子でいっぱいで、わたしは人生ではじめて、うちは貧乏なのだと思い知らされた。公立学校とは思えないほどお金がかかり、わが家が学校の金銭的要求に応えられないと知ったときには、恥ずかしさと腹立たしさでいっぱいになった。

新しいブレザーや、スクールセーター、美術の教材で高価な画材が必要になると、わたしは自分が庶民であることを声高に主張した。地元の子たちから学んだ(わたしのものではない)話し方がそこでとつぜん役に立った。ほかの女の子たちとはちがうところを見せつけるために、わざと粗野で反抗的な言葉づかいで話した。

規則とちがうスカートや靴を履いていることを指摘されると「うちには校則どおりのものを買う余裕がないんです」と言えば、先生たちが何も言えなくなることを学習した。もっと効果的なのは、「チャリティ・ショップで買ったんです」と言うことだった。自分がほかの人ほど裕福でないと声を高めることで、相手を動揺させ、力を得るやり方を身につけた。グラマー・スクールで、わたしは感じのよいレディーになるはずが、とんだ跳ねっ返りになってしまった。

大学に進学すると、上流育ちの人たちの歯切れのいい話し方に影響されて、わたしはまたしても声を変えた。完全に上流に染まるのか、あえて庶民的な話し方を選ぶのか、どちらにする勇気もなかったので、わたしはただ落ち着いた話し方をするよう心がけた。休暇で帰省するといろんなことを言われた。大学に行ってからずいぶん気どった話し方になったとか、なんだとか。

そしていま、わたしの声はカメレオンのように、相手に合わせてころころ変化する。意識することもなく使い分けているけれど、たまに困ることもある。人生のちがう時期に知り合った人たちと同時に話さなくてはならないときだ。そんなときは、どちらの話し方もできず、意識してその中間の話し方をすることになり、どっと疲れる。

女性の声は、男性はけっして経験しないジレンマにさらされる。話し方がやさしすぎると、おとなしいネズミのように扱われ、大声をあげると、ヒステリックだと言われてしまう。

マーガレット・サッチャーが政治家になったばかりのときに、威厳を身につけるためにスピーチの指導を受けたことはよく知られている。

彼女のアドバイザーで、元テレビ・プロデューサーのゴードン・リースは、低くはっきりとした声で話すように指導した。階級を感じさせないために、上流階級特有の母音をのばす癖は改められた。

サッチャーは、ナショナル・シアターのスピーチ・コーチについて、正しい呼吸法を学び、ひと言ひと言ゆっくりと話し、攻撃的な口調にならないようにと指導を受けた。代わりに母親やベビーシッターのような親密でささやきかけるような口調が採用された。説得力を持ちつつもやさしく、国民を自分の決定に誘導するために。

彼女の声は、女性にもしっかりとした判断力があると信じさせる義務を負っていた。ただし、家父長制度と真正面から対立することは許されなかった。やわらかい言葉でうまく有能さを伝えなければならない。しかも、女性というのは本来主婦であり母親であるもの、自分はあくまでその枠からはみ出した例外なのだと思わせる必要もあった。

自分の存在はけっして脅威ではない、票田として重要ではあるが、文化的には取るに足りない有権者、つまり女性たちを惹きつけるのに役に立つ道具にすぎないのだと。

わたしは選挙に出たことはないけれど、サッチャーと同じように自分の声を変え、脅威を感じさせないようにやわらかく話すよう心がけてきた。高いトーンで早口で話す癖は封印した。以前はよく人から、話し方が一方的だと言われたものだ。

少しためを作ることで印象を変えられることに気づいてからは、意識して〝そのー〟とか〝えっと〟という言葉を入れた。こうすると、じっさいよりもためらっているように見せられる。

いま、わたしは窓に雨がたたきつける部屋で、以前の流暢《りゅうちょう》さを取りもどしていた。声を喉に響かせる、いつもの話し方ができる喜びにひたる。

四回のレッスンのあいだに、わたしは、より低く、大きく、やわらかく、ゆっくり話せるように発声を練習した。ひとつひとつの言葉をつなげて、川が流れるように、鳥が歌うように話すことを学んだ。ドの音もまた出るようになったけれど、それよりもっと大事なことがある。わたしの声はかすれなくなっていた。油を差したように声がすんなり出るようになった。もうつかえることも、ひっくり返ることもない。シルクのようになめらかに声が流れでてきた。

同じくらいうれしかったのは、また歌えるようになったことだ。個人的な冬のなかで、声をなくしてしまったことは、思っていた以上の痛手だった。

歌うことそれ自体の喜びを、いましみじみと感じる。下手だからといって歌いたがらない人もいるけれど、歌とは本来そういうものではない。他人から聴いてどうであろうと、人には歌う権利がある。

人が歌うのは、歌わずにはいられないからだ。肺を新鮮な空気で満たし、音色にのせて心の痛みを解き放つために。人が歌うのは、愛や喪失、歓びや欲望を、自分の感情ではないというふりをして歌詞に込めて歌いあげることができるから。歌うことで、失恋のつらさや、胸におさめておけない欲望を吐きだすことができるから。

歌は幼い子どもたちを元気づけ、シャワーを浴びたりシンクを磨いたりといったルーティンワークのなかにも、歓びを作りだしてくれる。

いちばんいいのは、誰かと声を合わせて歌えることだ。

家族みんなが同じ歌を知っていて、思い出を共有できるのは素敵なことだ。母といっしょに歌うときには、声があまりに同じでいつも驚いてしまう。まったく同じ音階を、まったく同じように歌ったりして。そんなときには、遺伝子が共鳴していることを実感する。

夫とでは、そんなわけにはいかないけれど、それでもふたりだけに意味のある歌をいっしょに歌うことがある。たいていは、グレン・キャンベルの『ウィチタ・ラインマン』の切ない調べだ。

息子と歌うときには、いつも何かを伝えている。歌詞や言葉の意味だけじゃない。生き抜く術《すべ》を教えている。

コマドリのように、自分の強さを示すために歌うこともあれば、春の訪れを願って歌うこともある。幸せなときにも、つらいときにも、人は歌うのだ。

エピローグ　三月末

雪どけ

自分に起きていることを見極め、そのなかで生きることを。
現在はやがて過去になり、未来はやがて現在になる。

毎朝、車で通り過ぎるマンストン空港のフェンスには、いつも一羽のノスリがとまっている。灰色がかった大きな鳥で、胸元の羽毛が乱れている。きっと存分に空を駆けてきた名残を誇らしげに見せているのだろう。

今朝も、まるで見張り番のようにぽつんととまっている。すれちがいざまに、くちばしの黄色が目に入る。最近では、わたしを待ってくれているように思えてきた。あのノスリはわたしの守り神、日々の支えだ。胸に吹き荒れる不安を鎮めてくれる。そこにいて、わたしを見守ってくれている。

できることなら、この物語をドラマのようにハッピーエンドで締めくくりたかった。人生はまた落ち着きを取りもどし、問題はすべて解決して、不安はきれいさっぱり消えたと言えたなら。

バートは新しい学校にすっかりなじんで楽しそうに通っているとか、あえて学校には行かずに、ひとりで勇敢に世界に出ていく道を選ぶことにしたとか。わたしたちも、もう、家を売って物価の安い町に越すことを考えたり、森でトレーラーハウスに住むしかないとかいう冗談を言わずにすむようになったとか。そんなふうに言えたらどんなにいいだろう。

でも現実には、不安はつきない。ぎりぎりのところで踏みとどまっているだけだという気もする。けれど、弱気になってはいけない。そうでなければ、どこにも居場所がないという不安にのみこまれてしまう。

でも、ほんとうに居場所なんて見つかるだろうか。わたしにその資格があるだろうか。今年に入ってからも何千回となく、そのことを考えている。

気分を切り替えようと、ペグウェル湾まで散歩に出かける。

冬は終わろうとしている。ほんの一週間前は、目を覚ますとあたり一面に霜が降りていて、草の葉先を白く際立たせていた。それが、今日はすっかり春めいている。晴れわたる青空に雲がいくつも浮かび、ときおり吹く強い風ももう冷たくない。道の脇にはスノードロップが群れて咲き、ハシバミの木からはライムグリーンの房花が垂れ下がっている。

数日前まで固く凍っていた湿地は、氷がゆるんでさざ波が立っている。小さなシラサギが歩きまわり、シャクシギが餌をついばんでいる。入り江のあたりには、ときどきアザラシが寝そべっていると聞いていたけれど、今日はつきがなかった。今度来るときは、双眼鏡を忘れないようにしよう。

ふと、アラン・ワッツの言葉が頭に浮かぶ。〝不安に息をひそめていると、息ができなくなってしまう〟。『不安に効く知恵』のなかの言葉だ。

ワッツの言葉には、いつもうなずかされる。それなのに、いつも忘れている。人生とは本来、コントロールできないもの。わたしたちは安心や安全を手に入れようとあがくのではなく、終わりのない予測不能な変化を受けとめようと気持ちを切り替えるべきなのだ。変化こそが人生の本質なのだから。

人間の苦しみは、この根本的な真実に闘いを挑むことから生まれるのだとワッツは説く。〝恐怖から逃れようとするほど恐ろしく、痛みと闘おうとするほど苦痛を感じ、勇敢になろうとするほど怖じ気づく。痛いと感じているときは、痛みを感じればいい。人は自分の思考からは逃れられないのだから〟変化が起きるのはとめられない。わたしたちにできるのは、それにどう反応するかを決めることだけだ。

ワッツの考えは、あまりに壮大で、一読しただけでは完全に理解できないものもある。これもそのひとつだ。未来の不確実性を信じること――わかったようなつもりでも、深い部分で受け入れているかと言われると自信がない。まるで禅問答のようだ。心に留めておこうと思うのだけど、いったいどういう意味なのか、すぐにわからなくなってしまう。

それなのに、読みかえすたびに胸に響く。きっとこれから先も、何度も何度も読みかえすだろう。ほんとうに理解できる日は来ないかもしれない。それでもかまわない。彼の言葉には真理があると思うから。

気配を感じてふと見上げると、海の上を鳥の群れが旋回している。ムクドリだろうか。でも、ムクドリにしては大きすぎる。ミヤマガラスだろうか。ここから一マイルも離れていない場所にミヤマガラスの繁殖地がある。おびただしい数のカラスがいっせいに飛び立つのを何度か目にしたことがある。あれも圧巻だったけれど、いま見ているのとはちがう。

鳥たちが近づいてくる。わたしはただ突っ立って、呆然《ぼうぜん》と空を見上げる。味わったことのない幸福感がわたしを包む。全身がこの瞬間にとけていく。

群れは大波のように空をうねり、示しあわせたようにいっせいに向きを変える。一瞬、隊列が乱れ、空に黒い点が散らばる。水が弾けてしぶきになるように。一羽また一羽と、頭上を通り過ぎていく。白い身体に、先の丸い黒い翼。タゲリだ。これほどの数のタゲリは見たことがない。彼らにこんな見事な芸当ができるなんて、思いもしなかった。

最近になって気づいたことだが、フェイスブックにはおせっかいなアドバイスがあふれている。〝あきらめないで!〟とか、〝あなたは自分で思っているより強い〟とかいう言葉がいきなり現れる。グリーティングカードのようなデザインで、メルヘンチックな背景にパステルカラーの優雅な筆記体が並んでいる。まるで励まし上手な友達が走り書きしたみたいに。

投稿した人は、特定の誰かに向けてその言葉を書いたのだろう。その人が悩んでいることに気づき、遠回しに励ましのメッセージを送ったにちがいない。

あるいは逆に、救いを求めているのは書いた本人かもしれない。空に放りなげた言葉を自分でキャッチするように、自分で自分を励ましているのかも。

わたしたちはそういう社会に生きている。常に自分を奮い立たせて、実生活の暗い部分は消し去ろうとする。

こういうメッセージを見ると、げんなりする。なんと空虚な言葉だろう。あなたは強いと言われても、とてもそうは思えない日もある。わたしはそんなことはしょっちゅうだ。あきらめないでと言われても、がんばれないときはどうしたらいいのだろう。励ますのが好きな人たちなら、そばまで来て〝負けるな！　負けるな！　負けるな！〟と耳元で叫びかねない。

このメッセージの真意は明らかだ。みじめであってはならない。まわりの人たちのために元気そうにふるまわなければならない。失敗にいつまでも落ち込んでいてはいけない。すぐに立ち直って、それを前向きな力に変えなければ。もしそれができないのなら、しばらく姿を消したほうがいい。空気を重くしてしまうから。

これは思いやりとは正反対だ。わたしは、ソーシャル・メディアには見せかけの生活や、見せかけの友情しかないとは思わない（そう思っている人もいるみたいだけど）。それでも、気をつけていなくてはならない。オンライン上のつながりは、数に惑わされてしまうところがある。仲のいい友達も、ほとんど知らない人も、ひとりの〝友達〟としてカウントされる。その数字に踊らされてはいけない。

オンライン上のつながりも、リアルなつながりと同じように関係性を見極める必要がある。

相手が自分にとってどんな存在か、実生活で自分をどのように支えてくれているかをよく吟味すべきだ。

もちろん、じっさいの世界でもトラブルの兆しが見えたとたんにいなくなる友達は大勢いる。ただちがうのは、オンラインではその数が多く、いなくなったことが目に見えてわかることだ。

最近思うのだけど、気持ちが沈むというのは、生きているうえでごく自然な感情ではないだろうか。喜んで受け入れるとまではいかなくても、尊重すべき純粋でシンプルな感情だ。ずっと落ち込んだままでいろだとか、気晴らしをしてはいけないと言っているわけではない。でも、落ち込むというのはとても大切な感情だと思う。

沈んだ気持ちには役割がある。何か間違ったことが起きていると知らせる役割だ。マイナスの感情を素直に受け入れなければ、それに対処するための重要な手がかりを逃してしまう。

わたしたちはいま、幸せでなければならないというプレッシャーに責め立てられる時代に生きている。それでいて、じっさいには押し寄せる憂鬱に苦しんでいる。ささいなことを気に病むなと言われながらも、心配ごとはあとを絶たない。

憂鬱というごくふつうの感情は、否定されたとたん怪物のような恐ろしいものに変貌するのではないだろうか。何もかもうまくいかないことなど日常茶飯事だ。絶好調のときもあれば、ベッドから出たくないほどのときもある。どちらもいたって当たりまえのこと。どちらのときも少し客観的に自分を見る必要がある。

心が悲鳴をあげているときは、その声に正直でいることが最善の場合もある。そんなとき、痛みに寄りそってくれる友の存在は大きい。意気消沈したわたしを受け入れ、立ち直るまでのあいだ、弱い自分でいさせてくれる友達。

誰にでもがんばれないときがあり、ときには何もかも投げだしたくなることがあるとわかってくれる人が必要だ。そういう人がいないなら、自分でその役目を果たすしかない。自分にひと息つかせて、いたわってやる。そうすれば、ちょうどいいタイミングで元気を取りもどすことができるだろう。

この本を書きはじめたときには、もっといろいろなことをするつもりだった。冬を追いかけて世界を旅し、知らない場所を訪れ、意外な方法で冬を乗り切った人たちに会って話を聞くつもりだった。そのほうが、自分の周囲をさがすよりも、優れた知恵を見つけられると思っていた。

そもそも、人生の冬をテーマに書くと決めたとき、わたし自身は、自分の冬を乗り切って、次の冬が来るまでのあいだに書きあげられると思っていた。よい波に乗っているときなら、不遇の時期のことを客観的に語れるだろうと考えていた。

けれども、書きはじめてからもほんとうにいろんなことが起こった。まるで招集をかけたみたいに、いくつもの冬がいっぺんにやってきた。わたしの世界は文字どおりにも比喩的な意味でも縮まった。

その結果、思ったようにはいかなくなった。わたしはこうありたいと思っていた、明るく、エネルギッシュで、親しみのある人ではいられなかった。

わたしはもがき苦しんだ。何度もスランプに陥り、不安にさいなまれた。もうだめだと何度思ったことか。わたしには書けない、とても無理、書きあげたところで、恥をさらすだけ。冬をテーマに何かを語れると思ったこと自体、大きな間違いだった、と。

ひと昔まえなら、こうなると一シーズンずっと泥沼にはまり込んだままで、一、二年かかってようやく抜けだし、ため息をついてまた前に進みはじめるというのがパターンだった。でも、いまわたしはここまでたどり着き、この本を書き終えようとしている。

以前との唯一のちがい――書きあげることができた唯一の理由は経験だ。わたしは冬がどんなものかを知っていた。やってくるのがわかったし(一マイル先からでもわかった)、目を背けずに来るのを見守った。冬を出迎え、招き入れた。

わたしにはいくつかの秘策があった。何度も失敗を重ねながら手に入れてきたコツだ。冬の重い足音を感じたら、自分を甘やかされた子どものようにやさしく扱うこと。何かを求める気持ちには理由があり、それは大切なメッセージなのだと認めること。

しっかり食べて、たっぷり睡眠をとること。新鮮な空気を吸いに散歩に出かけること。自分のために時間を作って、心が安らぐことをすること。そして、自分に問いかけること――この冬はどんな冬だろう。どんな変化が起ころうとしているのだろう、と。

この本は、きれいごとを謳う本ではなく、現実を伝える本だ。いまの自分に何が起こっているかをしっかり見極めて、そのなかで生きていくことを語った本だ。

それは、自然界ではごく当たりまえに行われていること、つまり置かれた状況のなかで生きていくということだ。脂肪を蓄え、葉を茂らせ、たくさんの蜂蜜を作ることのできる恵まれたときもあれば、息をひそめてぎりぎり命をつなぐだけの厳しいときもある。自然はそんなときも文句を言ったりしない。必ずまたいいときが来て、何もかもがうまくいくことを知っているから。

冬は何度も巡り、サイクルは延々とくり返される。植物や動物にとって、冬はこなさなければならない務めのひとつで、人間にとってもそれは同じだ。

人生の冬とうまくつき合うには、時間の概念に目を向ける必要がある。わたしたちは、人生は直線的に進むものだと思いがちだけど、じっさいにはらせん状に進んでいく。

もちろん、少しずつ歳をとっていくことを否定できないけれど、歳を重ねるあいだにはさまざまな時期を経験する。健康なとき、病気のとき。楽観的なとき、懐疑的なとき。自由なとき、制限のあるとき。順風満帆なときもあれば、何をやってもうまくいかないときもある。

そんなとき役に立つのが〝現在はやがて過去になり、未来はやがて現在になる〟という考えだ。わたしたちは、そのことを経験から知っている。過去にあったことはきっとまた巡ってくるし、いま悩んでいることはいずれ過去の話になる。

サイクルをひとつ経るごとに、わたしたちはステップアップしていく。前回の経験をふまえて、次はうまくできることが少しだけ増える。できると自分に言い聞かせられる。人はこうして進歩していく。

でも、ひとつだけたしかなことがある。その時どきで、対処しなければならない問題は変わるということ。だから、また歯を食いしばって切り抜けていくしかない。

そんなとき、わたしたちが対処できるのは目の前にあることだけだ。いまやるべきことをひとつひとつやっていく。そうするうちに、また歯車がかみ合い、喜びを感じられるときがやってくるだろう。

仕事を辞めて一年後、ようやくオフィスから持ちかえった本をすべて整理した。本の山は、はじめのうちは、かつての自分を虚しく思いださせる残骸として、また、わたしがなりそこねたものを象徴する存在として、置き去りにされていた。しばらくすると、その本たちは書斎の風景の一部になり、存在さえ忘れられた。

ようやく片づける気になったとき、本からはオーラのようなものがすっかり消えていた。わたしの古いアイデンティティは悼まれることもなく消え去り、罪悪感もなくなっていた。

わたしは、いま思えばわたしをむしばんでいたものから、とっくに抜けだしていたのだ。一冊ずつ手に取っていくと、懐かしく思える本もあれば、まったく無価値だと思える本もあった。けれども大半の本には何も感じなかった。これはほんとうに自分の本だろうか。いったいどんな仕事の役に立っていたのだろう。わたしは、ためらわずに本の束を紙袋にいれ、いちばん近くのチャリティ・ショップに持っていった。

残りの本は、個人的なコレクションとして本棚のなかに落ち着いた。いったん本をぜんぶ棚の脇に積みあげて、本棚全体を整理しなければならなかった。いつかもっとちゃんとした書斎が必要になるだろう。けれどもいまは棚にぴったり収まっている。

もちろんこれは間に合わせの解決策だ。来年、再来年、その次の年も、もっと多くの本を手放さなければならないだろう。そう考えるとなぜか気分がよくなった。

でも、いまのところはまだたくさんの本をとっておこう。バートがもう少し大きくなれば、気に入ったものをすぐ読めるだろうから。そのうち、バートも自分の好みの本を選ぶようになるだろう。そうなれば、もうこれらにこだわる理由はない。少しずつ減らして、ほんとうのお気に入りだけに絞ればいい。きっと古い皮を脱ぎすてたような気分になれるだろう。

春の大掃除は、冬の終わりの条件反射のようなもの。

二月一日に行われるケルトの祭り、インボルクでは、冬の数か月のあいだに部屋の隅に張られたクモの巣が払われる。現在のアイルランドでは、聖ブリギッドの日として祝われることが多い。女神ブリギッドは、冬の女神カリアッハから季節を引き継ぐために目を覚ます。ブリギッドは希望と生命をつかさどる女神で、冬にじゅうぶんな休養を取り、変化をもたらす活気にあふれている。

ブリギッドのように、わたしたちもゆっくりと冬ごもりから抜けださねばならない。外の様子を確かめて、名残の寒風が吹いたらすぐに安全な場所に戻れるようにしておく。そして、少しずつ新しい葉を開いていくのだ。

長く混乱した時期に積みあがったがらくたが残っているかもしれない。いまこそ勇気を出して、暗い日々のあいだにやってしまったことの償いをし、なかったことにしておきたい真実を話すべきときだ。ときには、個人的な冬を別の言葉で呼ぶ必要にせまられて、口にするのもつらく感じるかもしれない。それは、悲嘆、拒絶、憂鬱、病気かもしれないし、恥、失敗、絶望であるかもしれない。

冬のなかにこもっているほうが楽だと思うこともあるだろう。まぶしい陽光を避けて、冬眠の巣穴に閉じこもっていたいと。

けれど、わたしたちは勇敢だし、新しい世界はわたしたちを待っている。まばゆい光と緑にあふれ、鳥の羽音を生き生きと響かせて。

そして、わたしたちには語るべき真実《ゴスペル》があり、それを伝える義務がある。冬の時期を経て、わたしたちには学んだことがある。それを鳥のように歌いあげよう。歌声を空いっぱいに響かせよう。

（了）

謝辞

本書は多くの人たちの力添えのおかげで形になった。その全員にお礼を言いたい。

まずいちばんに、インタビューに応じてくれたみなさんに感謝。時間を割いていただき、ときには話しづらいことも進んで話してくださったことに心からのお礼を。正確でない点があるとすれば、その責を負うのは彼らではなくわたしです。

リチャード・アッシュクロフトにも感謝。いつ相談しても、冷静にアドバイスしてくれた。

ニラ・ベガム、オリヴィア・モリス、ビアンカ・ベクストン、スー・ラッセルズをはじめとするライダー・ブックス社のすばらしいチーム、それからアンナ・ホガーティ、ヘイリー・スティード、マドレーヌ・ミルバーンをはじめとする、出版エージェントのマドレーヌ・ミルバーン社のメンバーにも感謝を。わたしがアイデアを出すたびに、真剣に、そして丁寧に検討してもらえたことが、どれだけありがたかったか、また驚きだったかは言葉にできません。

友人たちや家族にも感謝。わたしが困難だった数年間、いつでも駆けつけて手を差し伸べてくれたこと忘れません。夫のH、さまざまな工夫を凝らして、わたしが執筆の時間をとれるようにしてくれてありがとう。ルーシー・エイブラハムズ、わたしが原稿を書き終えられるよう、こっそり仕事を肩がわりしてくれてありがとう。わたしが気づいていないとでも思ってた?

最後に、息子のバートに感謝。人生に真剣に向きあうよう、絶えず仕向けてくれてありがとう。どれもやりがいのあることばかりだよ。

訳者あとがき

いまを生きる女性が、人生の試練に直面して立ちどまり、旅や自然、先人たちの経験や知恵をヒントに、よりよい生き方を模索していく姿を描いたメモワール・エッセイ『冬を越えて』をお届けします。

ロンドン近郊の町に住む著者のキャサリン・メイは、子育てや仕事に忙しくも充実した日々を送ってきた。ところが四十歳を境に、夫の病気、息子の不登校、自身の体調不良とそれにともなう離職といったさまざまな危機に見舞われる。これまでの生き方を振りかえり、日々の暮らしと向きあい、ささやかなチャレンジを重ねるうちに、考えを深め、心を豊かにしていく過程がていねいに綴られる。

一読して印象に残るのが、生き生きとした率直な語り口だ。ときに自虐的、ときにユーモラスに自らを俯瞰し、独特な方法で〝人生の冬〟を乗り切る方法を探っていく。慣れないサウナで悪戦苦闘したり、スピリチュアルな群衆に交じって冬至を祝う姿には、思わずくすっと笑ってしまう。

原作のタイトルは『Wintering』。冬ごもりという意味がある。〝冬は誰にも否応なくやってくる。けれど、どう過ごすかは自分で選びとることができる〟そう著者は言う。とつぜん訪れた状況の変化に戸惑い、悩み、もがく姿は、未知のウイルスがかつてない厄災をもたらし、世界が大きく変わろうとしているいま、誰もが自分と重ね合わせずにはいられないだろう。

また本書は、現代の女性が突きあたるいくつもの壁を描きだしてもいる。仕事と子育ての両立がもたらす焦りとジレンマ。子どもを持つことへの不安とタイムリミットの問題。未熟な自分が親であることの悩み。そんな心情が驚くほどリアルに語られ、その心の揺れに女性として共感させられる。

著者の心情を映しだすような、イングランドや北欧の自然描写も美しく、心をなごませてくれる。本作は、イギリスで二〇二〇年二月に刊行され、その年のウェインライト賞(自然に関するすぐれた著作に贈られる賞)の候補に選ばれた。そして同じ年の十一月、新型コロナウイルスが猛威を振るうアメリカで刊行されると、たちまち話題になり、ニューヨーク・タイムズのベストセラーリスト入りを果たした。いまでは二十を超える国での翻訳出版が決まっている。

〝思うようにいかないときは誰にでもある、そんな時期も人生にとって大切なのだ〟というメッセージは力強い。いま困難のなかにいる人たちに、前に進むヒントを与えてくれるだろう。

二〇二一年七月

石崎　比呂美

著者　キャサリン・メイ　Katherine May

ライター、作家。 テート・ブリテン国立美術館の専属ライターとしてキャリアをスタートし、作家業のかたわら、カンタベリー・クライスト・チャーチ大学のクリエイティブ・ライティング講座を主宰。 現在は退職し、作家業に専心している。 著書に『The Electricity of Every Living Thing』（未邦訳）ほか。

訳者　石崎 比呂美（いしざき　ひろみ）

翻訳家。大阪府生まれ。英米文学翻訳家の田村義進氏に師事する。 訳書に『僕の心がずっと求めていた最高に素晴らしいこと』（辰巳出版）、『競争と協調のレッスン』（TAC出版）、『牛たちの知られざる生活』（アダチプレス）、『＃100 HAPPY DAYS あなたは100日連続「幸せ」でいられますか?』（辰巳出版）などがある。

冬を越えて

2021年9月25日　初版第1刷発行

著　者　　キャサリン・メイ
訳　者　　石崎 比呂美

発行者　　河村季里
発行所　　株式会社 K&Bパブリッシャーズ
〒101-0054　東京都千代田区神田錦町2-7 戸田ビル3F
電話03-3294-2771　FAX 03-3294-2772
E-Mail info@kb-p.co.jp
URL http://www.kb-p.co.jp

編集協力　　川島有希
印刷・製本　　中央精版印刷株式会社

落丁・乱丁本は送料負担でお取り替えいたします。

ISBN978-4-902800-70-8